主编　凌翔

当代作家精品·散文卷

行走的时光

郭大章　著

民主与建设出版社
·北京·

图书在版编目 (CIP) 数据

行走的时光 / 郭大章著 . -- 北京：民主与建设出版社，2022.12

ISBN 978-7-5139-4041-2

Ⅰ. ①行… Ⅱ. ①郭… Ⅲ. ①散文集－中国－当代 Ⅳ. ① I267

中国国家版本馆 CIP 数据核字（2023）第 016310 号

行走的时光
XINGZOU DE SHIGUANG

著　　者　郭大章
责任编辑　周佩芳
出版发行　民主与建设出版社有限责任公司
电　　话　（010）59417747　59419778
社　　址　北京市海淀区西三环中路 10 号望海楼 E 座 7 层
邮　　编　100142
印　　刷　三河市同力彩印有限公司
版　　次　2022 年 12 月第 1 版
印　　次　2023 年 3 月第 1 次印刷
开　　本　710 毫米 ×1000 毫米　1/16
印　　张　13
字　　数　200 千字
书　　号　ISBN 978-7-5139-4041-2
定　　价　59.80 元

注：如有印、装质量问题，请与出版社联系。

目 录

第一辑 时光·暖

第二辑 时光·思

第三辑　时光·途

第四辑　时光·谊

第一辑　时光·暖

箱底的秘密

临近春节的时候，母亲总是显得很忙碌。

早上起来，外面白茫茫的一片，竟然下雪了。面对着这洁白的世界，我显得有些激动。自从离开家乡到外面读书和工作，不知不觉已经有十年了。这十年来，我几乎都忘记了家乡还会下雪，忘记了这家乡的雪的味道。

我在雪中找寻着母亲的身影。最终，在不远处的菜地里我发现了母亲，她弯着腰，在菜地里采摘着什么。原本瘦小的身影此时在风雪中显得更加瘦小了，就像一只匍匐在地上的甲壳虫。看着远处的那个小黑点，我的心里涌起了无限的愧疚。

我至今仍然清晰地记得母亲对我的那份独特的爱。那是一种宽容，是一种品质的塑造。小时候的我并不是一个让人省心的家伙，总爱在外面惹上一点是非回来。有一次，我满脸是血地回到家里，母亲问我怎么了，我说在学校打架了。我以为母亲会暴跳如雷甚或是拉着我去找人家理论。因为在我的印象中，我们那儿的大人一旦得知自己的小孩被别人打了，要么就是叫嚣着你要给老子想办法打回来，要么就是自己亲自上阵去找别人讨回公道。让我奇怪的是，母亲居然什么都没做，只是默默地帮我洗净了血渍，然后对我说：做人要宽容，要宽容待人，宽容待事，一个男子汉要学会宽容和原谅别人的过错。我当时并不明白什么叫宽容，只是觉得心里充满了委屈，觉得母亲不爱我。后来我才知道，其实母亲是瞒着我去找了那个和我打架那小子的大人的。

摘完菜的母亲来到我身边时对我说：章章，我下河洗菜去了，如果没事的话，就帮我打扫一下家里的卫生。看着母亲消失在小路的尽头，我的心里满是温暖。

家里的东西太陈旧和破败了。我在清洁这些东西的时候总是在想一个问题：母亲到底是怎么把我送到大学毕业的呢？

我是在一个角落里发现这个上着锁的木箱的，很古老很破旧但很干净，可以说是一尘不染。这里面究竟是什么呢？难道家里还藏有什么我不知道的宝贝？怎么我一直没听母亲说过呢？甚或是母亲当年那段青春岁月？难不成是父亲当年写给母亲的情书？强烈的好奇心驱使我想方设法地打开了这个箱子。

箱子打开以后，一股尘封已久的气息侵袭着我。我迫不及待地在箱子里翻找着，希望找到一些令我意外的东西，但是，我失望了，箱子里除了一些破旧的衣物外，好像并没有什么值得收藏的宝贝。我没有死心，继续在箱子里寻找着，期待着奇迹的出现。经过我的努力，终于在箱子的底部一大堆旧衣服里发现了一个精致的小盒子。我如获至宝，小心翼翼地拿了出来，生怕弄坏了母亲珍藏多年的宝贝。

谜底就要揭开，我尽量平静地打开了这个精致的小盒子。在打开盒子的那一瞬间，我想了很多，脑袋里出现了至少一百种假设。当盒子被我打开，里面的东西清晰地呈现在我眼前的时候，我突然愣在了那里。

盒子里只有两样东西：一叠泛黄的旧照片和一叠剪裁得整整齐齐的

旧报纸。

那些旧照片全是我小时候的照片，从几岁到十几岁的都有。那叠剪裁过的旧报纸全是我以前发表在全国各地报纸上的小文章，有些甚至连我自己都已经忘记了，母亲竟然全都保存了下来，而且还整理得整整齐齐，像稀世珍宝一样收藏着。

我突然间明白，原来所谓箱底的珍宝，其实就是一个平凡的母亲对她儿子成长过程的一种默默关注。

外面还在下着雪，我看见母亲从小路的尽头走了回来……

站在牛粪里的孩子

天空蓝得澄澈而高远，远处的山巅还隐隐覆盖着一些皑皑白雪，整个大地此时完全沉浸在一种静谧中。

我们的车行进在空旷的川西高原上，外面是一望无际的草原，公路一直向前延伸着，似乎永远看不到尽头。草地上时而会出现一些牦牛在奔跑，这是川西高原上特有的景象，看着这些充满野性的东西，我身上顿时涌动着一股生命的激情。

不知过了多久，我逐渐觉得冷了起来，于是下意识地紧了紧身上的羽绒服。车上的同伴们大都已经睡了，可能是旅途太过疲惫，甚或是这高原特殊的气候让他们有点不太适应。随着时间的推移，看着外面几乎一成不变的优美景致，一种强烈的孤独感深深攫住了我，使我变得有些惆怅起来。我坐在车里，一言不发，只是两眼无神地看着前方，看着那条同样孤独的公路不停地朝我们后面飞速掠去。

突然，我发现前方出现了一个小黑点，似乎是一个人，抑或是一个什么东西，待到走近，却发现是一个人，一个藏族小男孩。小男孩很瘦很黑，一片高原红里带着一双惊恐的眼睛看着我们。我此时才发现，小男孩身上竟然只穿着一件单薄的衣裳，在寒风中冻得瑟瑟发抖，两只小手也冻得通红，不停地在互相搓着。更让我惊奇的是小男孩的双脚竟然是站在一堆牛粪里的，那是一堆看似才拉完的牛粪，还在隐隐冒着热气。

同行的几位女孩儿似乎觉得恶心得不行，纷纷扭头看着别处，用娇柔的小手捂着嘴巴。我问那个小男孩，你怎么把脚放到牛粪里呢？很脏。男孩说，我冷。我说，你冷你穿鞋啊！男孩说，我没鞋。我一时语塞，不知道该说什么，返回车里拿了一件衣服出来给男孩披上，还顺便给了他一百块钱，叫他去买鞋穿。小男孩看着我，一句话都没说，接过钱就跑了。我看见那双沾满牛粪的小脚在草地上翻飞，一会儿就不见了。

我当时心里在想，这个小男孩怎么这样呢？甚至连一句谢谢都没有，哪怕是一个感谢的眼神都没有。我的脑海里突然闪过一个念头，他会不会是去叫更多的小孩子来呢？这种场景我见得多了，尤其是在城里的火车站一类的地方，一个个衣衫褴褛的小孩子可怜兮兮地说，叔叔行行好吧。你只要一可怜而给了他钱的话，保准一会儿就有十几个小孩把你围住要钱。我尤其反感这类事情，甚至还隐隐觉得这本就是一场策划好了的骗局。想到这里，我也没什么心思继续待下去了，准备上车离开。

正当我打开车门准备离开的时候，突然看到刚才那个小男孩又朝我们这边跑了过来，一双小脚还光着，破旧而单薄的衣服随着他的跑动而上下翻飞，唯一让我感到意外的是，小男孩手里竟然捧着一束野花，一束很美很美的野花。小男孩跑到我跟前，什么都没说，扑通一声就跪在了我面前，把那束野花高高地举到我面前。我疑惑地接过那束野花，当我接过野花的那一刻，小男孩竟然以头点地给我磕了三个头。那一刻，我的心像是被什么东西刺了一下，疼得厉害。我赶紧扶起了那个小男孩，摸了摸他那冰凉的额头。

我们的车继续上路了，而那个小男孩竟一直站在原地一动不动，直到我们消失在这草原的尽头。我坐在车里，心里满是羞愧和感动。我为自己用一颗世俗的心去猜测小男孩而感到羞愧，为小男孩那纯净得没有一点杂质的心灵而感动。不知不觉，我眼睛湿润了，有一种想流泪的强烈冲动，我回过头来看了看同行的几个女孩儿，她们已然泪流满面。

行走的亲情

每天晚上下课以后，我都会在教室外面的走廊尽头看见一个衣着简朴的中年男人。他总是隐藏在阴暗的角落里，看样子是故意在躲着什么人一样。最初几天我没怎么在意，想着这肯定是哪个学生的家长来接自己孩子回家的，这种情况在我们学校实在是太普遍了。

随着时间的推移，我总感觉有点不大对劲，来接孩子回家本是光明正大的事情，为什么这个男人总是在角落里躲躲藏藏的呢？这天下晚课后，我故意朝着这个男人藏身的角落走去，想看看他究竟在干什么。男人看见我走了过来，很不好意思地朝着我尴尬地笑了笑。我没有说话，装着去上厕所的样子径直走了过去。等我回来的时候，我发现这个男人已经不见了。

我有点警觉起来，即刻回到了办公室的窗前，朝着那条唯一可以通往学校大门的大路张望。借着路边昏暗的灯光，我看见了那个男人正混杂在一群学生的中间，凭着一种直觉，我总是觉得他还是在故意隐藏自己的行踪。

这以后连续几天，那个男人依然会在晚上即将放学的时候准时出现在走廊的角落里，但和先前不同的是，他现在每次都会主动朝着我微微一笑。有一天我实在是忍不住了，于是开口问他，请问你找哪个啊？男人有点不好意思地说，你是郭老师吧，我经常听周馨予说起你，我是周馨予的家长，我是来接她回家的。我说你是周馨予的家长啊，那你怎么不直接去教室接她啊。

男人把我拉到了一个黑暗的角落，给我讲述了一个故事。

男人家本是住在一个偏僻的小山村的，因为家里经济条件非常困难，所以自己和妻子只好外出打工挣钱来补贴家用和送唯一的女儿周馨予读书。男人外出打工之后，当时就只有六岁的周馨予和年事已高的婆婆两个人住在家里了。周馨予是一个特别听话的孩子，读书非常刻苦用功，成绩一直很好，而且还经常帮着家里做一些简单的家务。有一天周馨予一个人在家里不知道怎么回事竟然出事了，全身被大火烧成了重伤，男人在外面听到这个消息的时候差点崩溃，急忙从外面连夜赶了回来。周馨予经过重庆西南医院的抢救，总算是保住了生命，但两个被烧掉了的膝盖却永远没有办法恢复了。

男人说到这儿的时候抬起衣袖来擦了擦自己的眼睛，然后对我说，不好意思啊郭老师，让你见笑了。看着眼前这个坚强的男人，我实在有点不知所措，强忍着巨大的悲痛，我拍了拍男人的肩膀，一句话都已经说不出来了。男人说自从这事发生以后自己就特别的痛苦，觉得自己很对不起女儿周馨予，尤其是看见女儿在出事之后还那么刻苦地读书，靠着自己的努力如愿来到了这所著名的中学读初中以后，更是觉得自己这辈子有着还不清的债了。我不知道怎么安慰男人，只有陪着男人默默地站在走廊上。

周馨予在失去膝盖以后，走路特别的困难，甚至非常危险，根本不能承受一点点任何的外力对身体的碰撞，否则后果不堪设想。男人说自己坚持要来接送女儿上学，但女儿坚持说不用，叫男人去做自己的事。以前读小学的时候放学得早，可是现在读初中了要很晚才放学，男人怎么都不放心让女儿这么晚了一个人回家，所以天天都要到学校来接女儿。男人说自己知道女儿的脾气，一旦让其知道自己来学校接她放学的话，肯定会伤及她的自尊，所以无奈之下才这样躲着女儿，偷偷地跟在身后默默地保护着她。

听完男人的叙述，我已经有点哽咽了，看着眼前这个衣着简朴身材并不高大的中年男人，我的眼里充满了敬佩。正在这时，放学的铃声响了，我看见男人一闪身又躲进了走廊阴暗的角落里去了。

我看见周馨予在全班同学都走完了的时候，才一个人一瘸一拐地从教室里慢慢地走出来，而且每走一步都显得那么的艰难。当周馨予走到楼道拐角处的时候，男人从角落里走了出来，远远地跟着那个坚强的背影走去，眼里充满着慈爱。

我在窗前看着这一前一后一大一小两个背影，直至他们消失在茫茫的夜色中，很长时间都没有回过神来。

几天以后，我把周馨予叫到了自己的办公室，我在想我应该把这件事情告诉她，让她知道自己有着一个伟大的爸爸。当我面对周馨予讲完这个故事的时候，周馨予眼里噙着泪水看着我说，郭老师，你不用说了，其实我很早很早以前就已经知道了，我知道爸爸很爱我，但我是不会揭穿他的，就让他在后面跟着吧，那样的话他会踏实一些。

看着周馨予那单薄的身影离开办公室的时候，我觉得自己看到了这个世界上最美丽的身影。

父亲的眼泪

小学二年级的时候，我喜欢上了班上的一个女孩儿。

那时，我才六岁。

六岁的我是个什么样子，我不知道，我只知道当时的我很喜欢那个女孩儿，只要一下课我们便在一起玩，什么都玩，跳绳、捉迷藏、捡石子等。我尤其喜欢看她坐在我对面的地上捡石子，看那些小石子在她手里像蝴蝶一样翻飞。

那时，她就是那只翩翩起舞的小蝴蝶。

那天下午放学后，我跟着她走了，去了她家，没给任何人说。我们在崎岖不平的山路上走了两个小时，于暮色四合时分到达了位于大山深处的她家。那个下午，我玩得很尽兴，那是一个只有两个孩子的世界。

我枕着山里宁静的夜晚，睡得很香很甜，已经完全忘记了一切，忘记了外面刺骨的寒风和倾盆的大雨。半夜三四点钟的时候，我被一阵喧闹声吵醒。我从床上爬起来，裹着棉被来到外面的堂屋，竟然看见了父亲那伟岸的身影。

父亲披着蓑衣，全身被大雨淋得湿透，他一动不动地站在那里，脚下的地面已被往下滴落的雨滴打湿成一个看上去不怎么规则的圆圈。我瑟缩着，站在角落里不敢往前移动半步，往日里父亲的威严已在强烈地冲袭着我的脑际，我在等待一场比外面更大的暴风雨的来临。

父亲没有动，只是接过一张帕子擦干了脸上的雨水，他看着我说，只要找到了就好，只要找到了没事我们就放心了。这时，我看见了父亲脸上的眼泪，一串一串地往下掉，像极了外面硕大的雨滴。

那是我这辈子第一次看见父亲流泪，一个一米七几的汉子，在一个乡村的漆黑的夜里，哭得跟个孩子似的。

那次，父亲没有打我，他叫我赶紧回到床上去睡觉，而自己却一转身走进了茫茫的雨夜。后来，我才知道，父亲那天晚上走遍了我们班六十几个同学的家，最后才冒着大雨找到了大山深处的我。

那是一个寒冷的冬夜。外面，下着瓢泼大雨。

第二次看见父亲流泪，是在我 18 岁那年。那年我刚好高中毕业，在等待大学录取通知书的时候，我赶车去湖北来凤玩，但不幸的是，客车在翻越一座大山的时候，掉下了几十米的悬崖，我侥幸未死，满身是血爬到公路边，被赶场路过的乡亲送到了当地一个镇上的小医院里抢救。

我在医院里随时接受着死神的召唤，想远在家乡的父亲，想当他得知这个消息时的反应，是不是能挺得过去，是不是会像一截被砍断的树桩一样，轰然倒地。

我看见医生朝我走了过来，我再也支撑不住，眼皮在瞬间便耷拉了下来。等我再次醒来，父亲已然到了病房外。

父亲是在接到医生的电话之后赶来的，坐了几个小时的摩托车，全身布满灰尘。

我躺在医院简陋的病床上，看见父亲从门口飞奔进来，在详细询问过医生关于我的伤势之后，父亲背过身去，用手擦了擦眼角。那一刻，我看见了父亲微微耸动的双肩和已然有些许花白的头发。

父亲转过身来，微笑着说，没事儿，有爸爸在呢!

我没有说话，就那样看着他，看着他那略显沧桑的脸庞，和脸上那残留着仍未干透的浅浅的泪痕。

那是一个夏日的午后。外面，阳光亮堂堂的，似要倾泻下来。

这三十几年来，我就看见过父亲的这两次眼泪，或许，他也曾流过更多的泪，只是我没有看见罢了。但，这两次流泪，却足以显露出一个伟大的父亲对他儿子的那份深沉的爱。

这份爱——

伟岸而沉默。

最温暖的火盆

在我的印象中，我们那儿的冬天都特别地冷，几乎家家户户都有一个木制的火桶。火桶呈四方形，一米左右高，底部用火盆装上木炭，火盆上方是木制的架子，用来放脚。晚饭后大家都挤在火桶里，用一床特制的被子盖住脚，一股暖流便从脚底板往上蹿，不一会儿周身便暖和了。

这是在家里，而在学校的时候，我们则都有一个自制的小火盆，用几根铁丝穿着一个废弃的铁碗或铁盘子，在里面装上一些柴灰和木炭，上课时放在课桌下面烤脚，一到下课时分，一群小伙伴便提着自己的火盆，在操场上拼命地舞动，像一个个转动的风车一般，那场面至今想起来都异常壮观。

虽然现在已经不再使用火盆了，就算偶尔回家，也只会看见当年使用过的火盆被丢弃在杂物间的一角，但那曾经的火盆岁月，却怎么也无法忘却，尤其是妈妈那特殊的火盆，只要一想起，便会有一种潸然泪下的感觉。

那还是我读小学二年级的事。

那天，下着好大的雪，飘飘洒洒，整个天空都飞舞着柳絮般的雪花儿。早上出门去学校的时候，我照例斜挎着布满补丁的帆布书包，提着自制的装满木炭的小火盆，便跟着小伙伴们蹦蹦跳跳而去。

虽说那时的物质条件很贫乏，但我们却生活得很幸福，我甚至一度固执地认为，我们那时的童年才算得上是真正的童年。上课时，我们跟着先生咿哩哇啦读着并不十分明白的课文，而下课后，我们则玩着各种各样的小游戏，直到上课铃声响起，才满头大汗地冲进教室。

天冷的时候，我们最喜欢玩的游戏便是“挤油渣”和“甩火盆”了。所谓“挤油渣”，便是十几个甚至更多的小孩儿排成一排，紧靠着教室的墙壁，拼了命地往墙根挤，挤得热火朝天，有时由于用力过猛，竟会出现一片哭爹喊娘的状况。至于“甩火盆”，便是大家来到操场等空旷的地方，各自提着自己的火盆，抡圆了胳膊拼命地甩，甩得满操场火星子直飞，像极了年三十晚上璀璨的烟花。

可能是那天格外地冷，也可能是那天玩得太高兴了，还没到放学的时候，我带来的木炭竟早早地被我烧完，小火盆里只剩下一层雪白的木灰了。我坐在教室里，双脚冻得直发抖，一双小手更是被我搓得绯红，但这仍然没有给我带来半点暖意。

放学回家，我行走在凛冽的寒风中，嘴里哈着气，瘦小的身子因为寒冷而瑟缩着。那时，我多么希望一到家，就蜷缩在家里燃着木炭的火桶里，暖暖地睡上一觉。这样想着，我似乎走得更加有力了。

在村口的时候，我看见我妈背着满背篓的柴火从风雪中走了过来，头上一片雪白。

我来到我妈跟前：我冷。

这时，我妈突然一声不吭地拉过我的双手，掀开棉袄，把我冻僵的双手直接夹在她的胳肢窝下。霎时，一股强烈的暖流瞬间便传遍全身。我看了我妈一眼，她背着背篓站在原地，像一截深埋地下的树桩一样，动也不动。

多少年过去了，或许我妈早已忘记了这件事儿的存在，但于我而言，这件事儿是永远都不会忘记的。虽然现在的生活条件变好了，屋里都装上了空调，我也不会再受到寒风的侵袭，甚至连那象征着童年的火盆也不复存在了。但当我在一个又一个不再寒冷的寂静的冬天的夜里，我总会无端地想起我妈那温暖的胳肢窝——

那才是我这辈子感受到的最温暖的火盆。

我的古椅书桌

在我这么多年的读书生涯里面，曾经使用过各种各样的书桌，画有三八线的桌椅连体长条书桌，四四方方带有抽屉的翻盖书桌，舒适大方专门定制的电脑书桌等，然而，最令我难忘的却是那伴随着我整个童年的特殊“书桌”——一把雕花古椅。

这把古椅是我爷爷年轻时从一个被打倒的地主家里弄来的，据说成于清朝末年，做工极其精细，椅背上刻有繁复的手工雕花图案，由于长年累月使用的缘故，油漆已然有些许脱落，显出古朴沧桑的样子来。古椅平时一直放置在我家堂屋正中的祭台下面，看上去十分庄严肃穆，有种让人不敢轻易靠近的感觉。年关时节，爷爷便端坐在古椅上，接受我们小辈的朝见，于是，古椅便更具了一份疏离感。

我八岁时，爷爷便过世了，而随着爷爷的过世，古椅也变得不再那么庄严和疏离了，我经常放置一些小东西在上面玩，有时还故意端坐到古椅上，学着爷爷的样子，遥望远方而一言不发。

小时候的我是一个听话的小孩子，放学回家的第一件事，总是自觉地完成当天的作业。我家是那种古老的木制结构房屋，采光不是特别的好，屋里总是显得有些阴暗，加上小孩子不怎么坐得住，更喜欢外面广阔的天地，于是，我便将古椅搬到后面的院子里，拿来当成临时“书桌”，而自己则端一个小板凳，趴在古椅上认认真真地做着作业。

那是一幅绝美的画面：古朴的木屋映衬着农家小院，炊烟伴着夕阳下的小树，一个小男孩儿静静地坐在院子里，和斑驳陈旧的古椅相映成趣，阵阵书香飘荡于院子上空……

这样的时光陪伴了我八年，直到我上高中。大学时放假回家，甚至一直到现在，我也经常会把古椅搬到院子里，放上几本书，泡上一杯茶，在温暖的阳光下享受着宁静的阅读时光。我有时在想，或许到了我老得走不动的时候，我依然会端坐在古椅旁，静静地等着时光的流逝。

我家的古椅曾经受过伤，在其椅面和四条椅腿的交接处有一些明显被锯过的痕迹，小时候没在意，现在看来却是那么的扎眼。我问父亲，这到底是怎么回事？父亲对我说，那是“十年”期间留下来的，古椅上那些锯过的地方，以前都是十分精致的雕花，飞龙舞凤的，但那是一个疯狂的年代，爷爷为了避免全家被当成“牛鬼蛇神”批斗，用锯子偷偷地锯掉了。我走过去蹲下，默默地看着古椅上那些伤痕，锯齿依然，仿佛仍在流血。

如今，古椅仍旧淡然地端坐于我家木屋里，见证着岁月的流逝，从爷爷辈到我辈，再从我辈到我的孙子辈，古椅宛若一位得道的高僧，面对着风云变幻的世界，静静地笑而不语。

古椅。书桌。童年。时光。

当这些词语出现在我的思绪中时，我的视线竟然变得模糊起来！

山坡上的汽车灯

暑假回乡，夜晚一个人坐在屋檐脚歇凉，无意中看见了远处乌家坡半山腰上的汽车灯，忽明忽暗，有三四盏，时隐时现地穿梭于崇山峻岭之中。

霎时，一股交织着温暖和感伤的情绪强烈地冲袭着脑际，竟让我瞬间产生了一种今夕何年的错觉。

我呆坐在屋檐下，半晌无语，任凭黑暗和蝉鸣把我紧紧包裹——

小时候家里穷，加上乡村也没什么娱乐活动，往往天一擦黑，整个村庄便变得冥寂无声。有时，我也会和附近的小伙伴们一起疯闹，但更多的时候，我却是一个人端个凳子，坐在自家的屋檐脚，看时光的流逝。

那时节，地里的农活似乎永远都做不完，爸妈总是无休止地在地里忙碌着，直到繁星点点的夜晚。我曾在无数的文学作品中，读到过这样的夜晚，月朗星稀，阵阵蝉鸣，充满着温馨而美丽的诗意。但，当我真实地身处这样的夜晚时，我却感受不到任何一点诗意，有的却是深深的恐惧和茫然若失般的无助。

天黑得让人压抑，爸妈还在山坡上劳作，整个家里就只剩下我一个人。我无处可去，只得端个凳子坐在屋檐脚等。于一个几岁的小孩子来说，黑夜里到处都是妖魔，我坐在那里，一动不敢动。这时，我看见了远处乌家坡山上的汽车灯，一盏盏，一串串，沿着盘山公路蜿蜒而下，忽明忽灭，宛若一条巨龙，穿梭缠绕在乌家坡上。

不知不觉间，我竟看得痴了，早已忘却了黑夜带给我的恐惧和不安。我聚精会神，目光随着车灯的移动而移动，从山顶到山脚，从山脚到山顶，像看一部精彩的电影一样，注视着这些穿梭于夜晚山岭间的汽车灯。

一盏两盏三盏……四盏六盏七盏……

我默数着这些山坡上的汽车灯，就像更小的时候，默数着天上的星星一样起劲儿。

天那么黑，爸妈在山坡上看得见路吗？我忽然担心起来。这时，我又看见了远处山坡上的汽车灯，那么明亮，明亮到甚至刺破黑暗，直照到我的眼前。我眯了眯眼睛，露出了会心的微笑。我想，有了这些汽车灯，爸妈一定会看得见回家的路！

正默念中，爸妈带着满身的疲惫出现在了院子里。我差点哭了出来。

今天怎么这么听话？安安静静坐在这儿等我们回来。

我发现了一个秘密，可好玩儿，可好看了。

什么秘密，给我们说说？

对面乌家坡上的汽车灯一串一串的，像一条火龙，可好看了，不信你们看——

这以后，我便经常一个人端坐在屋檐脚，认认真真地看那乌家坡上的汽车灯，百看不厌。从童年到少年，直到我离开家乡到重庆上大学，那乌家坡上的汽车灯，不知陪我度过了多少个无助和无聊的夜晚。

时光一晃便过去了二十几年，我也早已不复是当年的小孩子了，现在的夜晚也不见了当年那种铺天盖地般的黑，变得亮堂多了。爸妈早已不做农活了，山坡上的农田也大多变得荒芜，村庄正朝着不是村庄的地方走去……

我静坐在夜晚的屋檐脚，看着远处乌家坡上那一串串汽车灯，眼前逐渐变得模糊起来。那汽车灯忽明忽暗，时隐时现，不一会儿竟消失在山路的尽头。

我站起来走到院子的角落，试图找到那些山坡上的汽车灯。但，眼前一幢幢新修的楼房遮挡住了我的视线，我再也看不到那些山坡上的汽车灯了。

耳旁，是响声震天的广场舞曲，镇上的人们三三两两地聚集于此，我知道，我的爸妈也在那里。

我带上门，往附近的山坡上走去，我希望能在那里再一次看见远处乌家坡上的汽车灯！

打开的画夹

接到社里电话叫我去九寨黄龙机场接机的时候，已经是凌晨十二点了。我匆忙中从床上爬起来，顾不上洗漱就赶到了机场。从重庆飞往九寨的航班如期到达，我高举旅行社的旗帜等在机场的出口，看着从机场里面出来的一拨又一拨睡眼惺忪的游客。

过了一会儿，我的周围就汇集了一二十个人。我拿出接待的名单开始点数，发现还有一个人没有到，于是就叫其他游客耐心地等待。不一会儿，我看见一个中年男子从机场的过道里向我走来，一头披肩长发，一身黑色风衣，背上还背了一个类似画夹的东西。我猜想这一定是个画家，这身行头和打扮，不是画家才怪。我笑着走近他，对他说了句表示友好的话，结果他没有理我。这下我更认定他是一个画家了，因为他身上具有了一种不同于常人的高傲。

待游客回到酒店之后，我就回去睡了，躺在床上，脑中竟然想起了刚才那个画家。第二天一早起来，天色大好，正适合游览九寨沟。我带着游客们上路了，开始和颜悦色地向他们讲解着九寨沟的任何一处美景。看得出来，大家都很兴奋和惊叹，纷纷拿出相机拍照，想把这人间天堂带回自己的家中。

我有意无意地注意着那个画家，一路上他总是独来独往，从不和别人说上哪怕是一句话，而且不管风景怎么优美，他都好像无动于衷，总是默默地行走在队伍的最角落里。更为奇怪的是，凡是到了一个景点，画家都显得有点忧伤，时不时地回过头来看看他背上的画夹，而且一路上我还发现，他的画夹自始至终都没有打开过。画家的这一举动彻底地吊起了我的好奇心了，我决定一探究竟，看看他身上到底隐藏着什么秘密。

我总是寻找着任何一个可能的机会接近画家，总是寻找着任何一个可能的机会找他说话，但我发现我的努力都是徒劳的，画家一直没有搭理我。我身上那股子不服输的性子被挑起来了，我想我一定有办法叫你开口的。

九寨沟的风景那不是吹的，由于职业的原因，我也到过各种各样的地方，看过各种各样的风景，虽然各地有各地的特色，但九寨沟的这份纯净和天然却是独一无二的。我竭尽所能地向画家介绍着九寨沟的美丽，给他讲着这里发生的一个又一个动人的故事。我发现，画家在听我那些故事的时候，眼睛里总是闪着光。

珍珠滩瀑布果然名不虚传，满坡纯净得近乎天然的水流沿着小树丛生的斜坡奔流而下，滴落得到处都是，那情景真如大颗小颗的珍珠漫山遍野地跳动。此时，我跟在画家的身后，静静地欣赏着大自然赋予九寨沟的神奇。这时，画家突然慢慢回过头来对我说了句话，你能帮我照张相吗？

我调整好了相机的角度，就这样静静地看着画家。画家脱掉了外面的黑色风衣，露出了里面很干净整洁的白色衬衣。然后，我看见画家很小心地扶着那个一直没有打开的画夹，慢慢地打了开来。在打开画夹的时候，我看得出来，画家很紧张，而且很温柔，甚至还带着一抹不易被察觉的悲苦的笑容。

随着画夹的打开，我惊奇地发现那里面根本就不是一个画夹，而是一张放大了的照片。照片里是一个穿着白色婚纱的漂亮姑娘，姑娘的脸上洋溢着幸福的微笑。我看见画家的眼角湿润了，他饱含爱意地看着那张照片，然后把照片放到自己身边，做出一个合影的样子。我认真地给画家和那张照片合了一张影，感觉眼睛有点涩涩的。

合完影的画家明显显得有点悲伤，两眼无神地看着眼前的景色，一句话都不说。其实我大概已经猜出是怎么回事了，但我还是慢慢靠近了画家，陪他坐着，陪他沉默着。画家突然用双手捧住了自己的头，很痛苦的样子。我突然感到自己无能为力，只能静静地坐在画家的身边。

画家说自己是一个商人，结婚之后就一直在香港做生意，基本没怎么回过家，而把妻子一个人丢在家里。最近生意越做越好，回家的次数就更少了，逐渐就忽略了自己在家中的妻子。正当他生意处于巅峰，准备把妻子接到香港和自己一起住的时候，家乡玉树突然发生了地震，妻子来不及出逃，就在这次玉树地震中永远离开了他。画家说到这里的时候，我看到他的肩膀在不经意地抽动。画家接着说，他妻子生前有个最大的愿望，就是想到这风景如画的九寨沟来看看，现在是没办法实现了，所以我只有带着她来到这里，来这里看看，以便完成妻子的遗愿。画家说他从香港回到玉树的时候，发了疯似的到处找，想要找出哪怕一点点妻子的东西，但最终还是什么都没找到，满眼都是一片废墟。画家说，他很想和妻子照张全家福，但现在就只剩下这张他带到香港去的照片了，所以就找摄影师把照片放大，以便来此照一张全家福。

我和画家坐在珍珠滩边，坐在九寨沟这如画的风景里，我们什么都没有说，只是静静地坐着。眼前的九寨沟在我面前变得模糊起来，以致我不明白我到底是身在九寨沟还是身在一个异常陌生的地方。

到九寨机场送走这批游客之后，我拿出电话，快速地拨通了那个熟悉的号码。回到家里的时候，我发现妻子还没有睡，还在家里默默地等我……

一份稿件带来的温暖

窗外，寒风凛冽。

虽说已时至下午，但外面整个天空仍是雾蒙蒙的，一片死灰。

我坐在电脑前，正头晕眼花地看着邮箱里数以千计的电子邮件，突然一个甜美的声音打断了我。郭老师，这儿有您一封信。我抬起头来，看见李晶正笑意盈盈地朝我走来，手里拿着一个泛黄的信封。

我想，究竟是谁还会用这么古老的方式给我写信呢？

难道是……

在我的意识深处，信，已经是那早已遥远得不可触摸的往事了。那时的我还是一个几岁的小孩子，在一个雪花飘飞的早上，我看着即将出门的母亲，号啕大哭，泪水在晶莹的雪地里滴落出一串珍珠般的小洞。

母亲回过头来，终于不忍将我一个人丢在家里，抱着我说，来，妈妈教你怎么给爸爸写信。

我破涕为笑。欢喜地拍着小手。

我趴在储存大米的柜子上，像模像样地拿着信笺，满含期待地等着母亲。母亲端了个高脚凳坐在我身边，看着我给父亲写信。

亲爱的爸爸，你好！

我写得歪歪斜斜，母亲看得认认真真。我写着写着，望着母亲，问，爸爸什么时候回来呢？母亲没有回答我，只是两眼呆呆地望着外面，外面，雪花正在纷纷扬扬。

这时，我看见了母亲的眼泪，晶莹剔透，就像外面飘飞的雪花。

我说，妈，你怎么了？

母亲颤了一下，说，没事没事，我们继续来给爸爸写信。

我想象着父亲的样子，一句一句地写着想对他说的话。写完，我找了一个信封，小心翼翼地把信装了进去。

这是我这辈子写的第一封信，也是唯一一封没有寄出去的信。几年以后，当父亲从福建的建筑工地上回来，我看见母亲曾笑意盈盈地拿着这封信在父亲面前晃悠。

信，于我而言，是那个雪天的温暖。

还没等我回过神来，李晶已把那封信放在了我面前。

一股久违的温暖袭击着我。

我用剪刀轻轻地剪开信封，我舍不得用手去撕，那样会破坏掉这种失而复得的温暖的。

这是一份稿件，一份誊写得工工整整的稿件。我顿时来了兴致。和那些冰冷的电子邮件相比，在这个雾霭沉沉的午后，还有什么比这更能温暖我的呢？

稿件的上方，附了一张精美的小信笺，有一行话：牡丹花的绽放，一如你的初妆，清新绿色的茶庄，是你我相约的地方。

我会心一笑，想，这小作者真有意思，还整出这么些小玩意儿。

往下翻了翻，我竟呆住了。为小作者的执着，为这个午后的感动。

整整十页！

如果按字数来算的话，足足有三四千字啊！

于一个十岁出头的小孩子来说，这将是一种怎样的付出？我仿佛看见了一个小女孩儿，在遥远的大西北，在一个大雪飘飞的寒夜，端正地坐在书桌前，一丝不苟地往信笺上誊着那些灵动的文字。

我把稿件折叠起来，重新装进了信封。

这会儿，我舍不得看，我要把这封信带回家，在宁静的夜晚，打开昏黄的台灯，去信中寻找那份久违的温暖。

我期望着能在那封信里看见十几年前的那个大雪天。

吊床人生

从滇池回来的时候，已经是下午三点了。阳光好得无可挑剔。

我正和一起来昆明参加会议的几个作家朋友喝茶聊天，一个中年妇女走向了我，手里提着一个擦鞋用的小型木箱。她来到我身边，小心翼翼地问，小兄弟擦鞋吗？我看了一眼头顶的阳光，再看了看面前瘦小得像根稻草的她，说，好吧。她朝我笑了笑，算是答谢，然后熟练地放下手里的木箱垫在我脚下，拿出一个小板凳坐在我面前。

擦鞋过程中她问我，小兄弟是重庆来的吧？我很诧异，说大姐你怎么知道啊。她说，听你说话就知道你是重庆来的。我说，是啊，我来参加一个会议。她朝我笑了笑说，我也是重庆来的。

听她这么说，我立刻有了一种他乡遇故知的感觉，往前欠了欠身。我说，大姐你是重庆哪里的啊？她继续着手里的活计，说，我是重庆綦江的。我说，綦江我知道，真是个好地方。我接着问，你怎么不远千里跑到昆明来擦鞋呢？在重庆也一样可以做啊。

她抬起头来看着我，微笑着说，我本来是在重庆做的，但这几天我家那位来昆明跑长途，我不放心他，也想顺便来看看孩子们，便跟着来了，喏，他在那边午睡呢。说完朝着不远处的公路边努了努嘴。

公路边停着一辆大货车，一个中年男子正躺在一个吊床上睡觉，吊床的一头连着车厢，一头绑在路边的行道树上。铺展的树叶刚好挡住了阳光，形成了一片不大不小的阴凉。我说，你们两口子可真恩爱。她不好意思地笑了笑，脸颊飞起一片些微的红晕。我说，你刚才说来看看你们的孩子？

听我这么问，她停下手里的活计，笑着说，是啊，我们有两个孩子，大的是个女儿，前年来到昆明打工，目前在一家鞋厂上班，小的是个儿子，今年刚考上云南大学，正在上大一呢，现在读个书也不容易，他爸爸平时跑货车出长途，我什么都不会，就擦点皮鞋挣点小钱，帮衬着挣点学费呗。

听她这么说，我顿时觉得肃然起敬起来，说大姐你真能干。她连连摆手，说能干什么啊，讨口饭对付着过呗。我说，哪里哪里，你的孩子们是真有出息，尤其是你儿子，能考进云南大学真的非常不错。一说到儿子，她满脸笑容，说我儿子是我们村里的第一个大学生，从小读书就特别努力，这次我们去学校看他，他还担心我跟他爸没地方住，想给我们开个旅店呢，我们哪能住旅店呢？那多贵啊，便哄他说我们已经在外面开了旅店了。

我仿佛意识到了什么，问那你们住哪啊？她说，现在是夏天，哪不能住啊，公园里啊汽车站啊，哪都能对付一晚，但我们现在基本都是睡吊床，睡起来可舒服了，既凉爽还不接湿气。我看了看不远处的公路，一个吊床正在夏日暖阳下的微风中晃动。我说，你们两口子都睡吊床吗？她说是啊，他睡他的，我睡我的，我们一人一个，各不干涉。我说，那晚上呢？她说，晚上也睡吊床啊，还能看星星，安逸着呢。

我不再说话，直勾勾地看着公路旁的货车，和绑在货车上的吊床。

不一会儿，她拍了拍我的裤腿，说小兄弟，鞋擦好了。笑靥如花。我站起身，掏出十块钱递给她，说大姐不用找了。她说，那怎么行呢，做生意是要讲诚信的。说完，拿出用塑料袋包裹着的钱，找给了我八块。我拿着钱，傻傻地站在那里，看着她提起擦鞋箱，朝着别处而去。

不远处，传来了一个熟悉的乡音：擦皮鞋啰，擦皮鞋。

1600块的英雄

凌晨六点，我梦见自己又在考英语，顿时被吓醒，靠着墙壁缓了半天，才缓过劲儿来，但已了无睡意，睁着双眼看外面黑洞洞的夜空。

夜很静，我听到了窗外风吹树叶的沙沙声。不一会儿，在这沙沙声中，夹杂着一种有节奏的声响，由远及近，细听之下，才知道是竹扫帚触地的声音。我心里一颤，怎么清洁工这么早就出来扫地了？

我想，反正睡不着了，不如出去走走，顺便也呼吸呼吸这凌晨的新鲜空气。

这样想着，我便披上外衣出门而去。才下得楼来，顿觉一阵寒风扑来，我不由得打了一个寒噤，下意识地紧了紧身上的衣服。天还未亮，只有两排昏暗的路灯在黑暗中亮着，照得阴冷的路面更加阴冷。

路灯下，一个微小的身影在缓缓移动着，伴随着竹扫帚触地的唰唰声，我知道，那便是早起的清洁工。我朝那个微小的黑影走了过去。

到得近前，我发现扫地的是一个年纪60出头的婆婆。婆婆头裹方巾，身着这个城市里大部分清洁工都穿着的有反光功能的清洁服，正拿着一把大竹扫帚，默默地扫路上的落叶，对我这位不速之客的到来竟浑然不觉。

我打量着眼前这个婆婆：身子瘦小得像一根干柴，仿佛都能看得见身上那凸起的骨节，感觉一不小心就能被一阵风刮走，个子不高，不到一米六的样子，以至于手里那把大竹扫帚显得硕大无比。

我打断她，说婆婆你好早啊。婆婆停下手中的活，抬起头来看了我一眼，说小伙子，天这么早，又冷，你不睡觉，起来干吗啊？我说，我被一个噩梦吓醒了，睡不着，听见你在这儿扫地，便下来走走。婆婆说，现在的年轻人呐，真不容易，压力大，经常做噩梦，失眠。我说，也还好吧，只是偶尔这样。

婆婆朝我笑笑，又继续着她手里的活计。

我说，婆婆，你怎么这么早就出来扫地了啊？她看了看我，说，我早点做完，等哈才有时间回去给孩子们做早饭啊，孩子们上学早，得赶时间。我说，你天天都这么早吗？婆婆说，是啊，天天都这个点儿来。我说，下雨也来？婆婆说，嗯，公司打考勤呢，下雨也得来，不然拿不到工资呢。我说，你们真辛苦。婆婆说，没事儿，和年轻那会儿相比，现在已经好多了，天天这样，也没觉得有多辛苦，孩子们打工不容易，能帮衬点儿就帮衬点儿吧。听婆婆这么说，我便问，你孩子们在干吗呢？婆婆说，儿子媳妇儿都在外地打工呢，儿子在福建的建筑队里搞装修，媳妇儿做做小工打打杂，又没得个啥知识，只能在外面给别个下力。我说，靠自己的劳动挣钱，用起来光明正大，除了辛苦点儿，也没什么。婆婆笑了起来，很开心的样子，说，小伙子你真会说话。我也笑了，说，你孙子多大了啊？婆婆说，今年上小学二年级了，调皮得很，是个捣蛋鬼。

我心里一阵空落：又一个留守儿童家庭。

我说，小孩子成绩还好噻？婆婆说，好什么啊，一天到晚就知道玩儿，也不爱读书，回家叫他读个书，像要他命一样，我也不知道怎么办。

我说，唉，也是，我们老家出去打工的也很多，孩子都放在家里，婆婆爷爷带，又管不住，经常逃学出去玩。婆婆说，是啊，不出去呢，又没得钱用，现在读个书开销也大，没得办法。我说，你这么早出来扫地，孩子的爷爷在家帮你管吗？婆婆说，他爷爷早在几年前已经过世了。

我突然意识到自己说错了话，竟半天不知道说什么，变得沉默起来。婆婆好像看出了我的窘态，说，小伙子，没事儿，我老伴儿走得早，我早已想开了。我勉强笑了笑，算是打破沉默。我说，那你一个人管孩子还是挺辛苦的。婆婆说，经常这样，也就没觉得了，我家隔得也不远，扫完地回去，还可以给孩子做做早饭。婆婆说完，抬起手来朝前方不远的大桥一指，喏，我家就在那座大桥下面。

听婆婆这么说，我突然又变得沉默了起来，我太熟悉那座大桥了，那是一座连接这个小城南北的公路桥，纵深很高，大桥上面是临街的小区，而桥下则是一大片低矮的民房，靠近一条终年流着城市废水的小河沟。我曾经去过几次，当时就得出一个结论：这城市里面的农村，其实比我们农村的农村，更像真正的农村。

此时，我不知是有意，还是无意地抬起头，朝着前方看去，熹微的晨光中，一座大桥的影子若隐若现，矗立在两旁的高楼中。

我收回目光，问婆婆，你天天这么早起来打扫清洁，工资应该还可以吧？婆婆扫着地回答我说，一个月也就1600块钱吧。我听到这个数字，心里一咯噔，这么辛苦，才这么点钱？我再看眼前的婆婆，似乎并没有注意到我的反应，依然不急不缓地扫着路上的落叶，那些金黄的落叶在婆婆竹扫帚的清扫中，温顺得像一个个听话的孩子，纷纷钻进了放在路旁的竹筐里。

霎时，我竟觉得眼前的这个身子瘦弱的婆婆，像这个城市里的一个无名英雄，正用自己柔弱的双手，在茫茫无际的黑暗里，给我们带来了无尽的干净和光明。

我顿时变得肃然起敬起来。

不一会儿，婆婆扫完了这条路上的落叶，背起路旁装满落叶的竹筐，朝我说，小伙子，我得回去给孙子做早饭了，你也回去休息吧，天冷，别在外面走得太久了，小心感冒。说完，便朝着路的尽头缓缓而去。

我看着路灯下那远去的微小的身影，呆立在了原地，久久没有回过神来。

我回到家里，关上房门，打开壁灯，墙上的挂历上突然显现出两个醒目的大字：霜降。

烈日下的“米奇”

重庆的夏日，不是一般热。那轮刺眼的太阳，高高地悬在空中，散发出灼热的光芒，烤得大地滋滋地冒汗。一眼望去，贴近地面的地方，都在蒸腾着热气。我和妻子带着两个女儿在商场买东西，走得累了，便别进商场旁边的一家冷饮店，琢磨着喝点冷饮消消夏。我们在二楼临窗的一个位置坐下，享受着中央空调带来的和外面截然相反的丝丝凉意。

妻子和两个女儿叽叽喳喳地说着什么，时而发出轻微的笑声，我凝神注目于窗外，闲看那些在烈日下奔波的身影。今天是周末，虽然顶着烈日，但街上的身影依然很多，而商场似乎也不为这酷暑烈日所动，促销活动依然搞得热火朝天，震耳欲聋的促销音乐早已穿透冷饮店的落地玻璃窗，清晰地传到了我耳里。

我微微蹙了蹙眉。

我就是在这个时候看见那个可爱的“米奇”的，他穿着一身密封的塑胶服，全身充满着鼓鼓囊囊的气体，显得很笨重。但在这笨重的外壳下，却是“满脸”的笑容，他手舞足蹈地穿行于流动的身影当中，面带笑意地分发着手里的厚厚一叠促销单，只要是有人接过去，他便微笑着朝他点头致谢。当然，我是看不到他的微笑的，我只能看见“米奇”满脸的微笑，笑得很亲切，并带有一丝可爱的卡通。

我看了一会儿，见妻子和两个女儿仍在我对面窃窃地说着话，我打断她们，叫她们看外面那个在烈日下行走的“米奇”。妻子看了一会儿，对我说，不就是一个促销的“米奇”吗，有什么好看的，你当真是无聊到了极点？两个女儿也说，这种“米奇”，街上到处都是，而且不光是“米奇”，还有“唐老鸭”和“奥特曼”，有什么好看的呢？

我故作神秘地对两个女儿说，我来和你们打个赌，好不？如果我输了，我就满足你们一个小小的愿望，如果你们输了，你们就得无条件地为我做一件事。两个女儿当即答应了我。

那我们就来猜猜，那个“米奇”里面究竟藏着一个什么样的人呢？

这还用猜啊，肯定是个年轻的哥哥了。大女儿不假思索地说。

我说，为什么呢？大女儿说，嗯，因为我在街上看见过多次，那里面经常都是一些年轻的哥哥，他们真可爱。

小女儿说，既然姐姐猜是哥哥，那我就猜是姐姐吧。

为什么呢？

因为我不想和姐姐说的一样。小女儿看着我认真地说。

我看着妻子，要不你也来凑个热闹？

妻子想了一会儿说，我觉得多半是商场里面的员工。你觉得呢？妻子反问了我一句。

两个女儿也看着我。

我嘛！我顿了顿，不再说话。妻子踢了我一下，赶紧地，莫卖关子。

我觉得嘛，那个“米奇”应该是一个周末在外面打零工挣钱的大学生……还没说完，两个女儿就打断了我，连连摆手说，不可能不可能，怎么可能嘛？妻子也说，不大可能哟，现在的大学生大多受不了这个苦，这么大热的天！我说，我也只是一种直觉。

听我这么说，两个女儿笑着说，爸爸输定了。然后就自顾自地商量着她们的小愿望去了。

妻子朝窗外看了一眼“米奇”，然后回过头来对我说，我还是觉得不太可能，现在的大学生条件普遍较好，比不得我们当年了。

没事儿，待会儿我们出去证实一下不就完了。我不经意地说道。

烈日下，那个可爱“米奇”仍然在不厌其烦地分发着手里的促销单，并没有因为我们的讨论而消停片刻。

半个小时以后，我看见“米奇”手里的促销单分发得差不多了，就对妻子和女儿说，走，我们下去看看这个“米奇”究竟是谁?

我们混在穿梭不停的身影中，看着“米奇”朝着商场外墙一角的阴凉处走去。我们尾随着跟了过去。不一会儿，那个“米奇”就来到了阴凉处，然而他并没有急着脱去罩在头上的头套，而是身体微倾，背靠着墙沿休息了一下。我们假装若无其事地在一旁转悠。

大约几分钟以后，那个“米奇”从墙沿站了起来，开始动手去脱套在头上的头套。我们紧张地看着他。

随着那个巨大的带着可爱微笑的“米奇”头套从他的头上卸下来，我们分明看见了一张布满皱纹的脸和满头花白的银发，以及银发下满头满脸顺着往下流淌的亮晶晶的汗水。

我看了看身旁的两个女儿，她们已然张大了嘴，定格在了烈日下的街角。

奶奶的背篓

小莉今年上初二了，在离家几公里的镇里读书。

今年，又是奶奶送小莉上学。小莉已经记不清这是奶奶第几次送自己上学了，自打小莉记事以来，似乎一直都是奶奶送自己上学。最初的几年，是爷爷送小莉上学，但送着送着，爷爷就不在了，于是又换成了奶奶。小莉偶尔也会想，为什么爸爸妈妈不来送自己上学呢？尤其是看到班里其他孩子有爸爸妈妈送来学校的时候，小莉更会想。但小莉知道，这基本是不可能的。小莉的爸爸妈妈在小莉还没开学的时候，就背着大包小包乘车出去了，去很远的地方打工，不到年关是不会回来的，有时甚至过年都不回来，留下小莉和奶奶在家，守着一盆暗红的炭火和一台破旧的电视机，在寂静的夜里度过春节。有时，小莉甚至都记不得爸爸妈妈的样子了，就算记得，也很模糊。

这一天，阳光难得地好，小莉和奶奶一前一后走在窄窄的山路上。小莉背着一背篓奶奶为她准备的山里的各种野生果子，奶奶在后面背着一背篓小莉在学校必需的被褥等生活用品。小莉和奶奶一前一后走着，像两只在山路上缓缓爬行的蜗牛。

小莉故意放缓了脚步，奶奶年纪大了，腿脚跟不上。这一老一少在山路上走着，时而远时而近，各自想着心事，谁都没有说话。

小莉和奶奶在走，时间也在跟着走。小莉有时会喊，奶奶奶奶，你还走得起吗？要不我们歇一歇吧。奶奶在后面应声道，不用了，小莉，奶奶干了一辈子活，这点东西不在话下，我们得赶紧，不然错过了报名时间。小莉不再说话，但依然会故意放缓脚步。

走着走着，小莉觉得今天怎么这么不费事儿呢？背上的一背篓野生果子，似乎并没有什么重量，背起来依然走得轻松不已。小莉没去多想，她觉得也许是野生果子本就不重吧，又或许是自己又长大了一岁，这点儿重量对自己来说，已不算什么了。

小莉朝后面喊，奶奶奶奶，待会儿我们到了学校，铺完床，我带你去吃碗绿豆粉吧，我们学校附近有家绿豆粉可好吃了。奶奶在后面应，奶奶不饿。小莉说，那不行，今天你必须跟我去吃。奶奶笑着说，好吧好吧，我今天全听我的乖孙女的。小莉咯咯地笑了，走得更加轻松。

又走着走着，小莉觉得奶奶今天竟有点儿跟不上自己的节奏，以往都不是这样，看来奶奶真的是老了。小莉又继续放缓了脚步。小莉回过头来说，奶奶奶奶，要不你把你背篓里面的东西腾一点给我吧。奶奶笑着说，没事儿，这点儿东西对奶奶来说，没得什么问题，我们赶紧吧。

小莉不再勉强，在前面一路走着。

小莉已经看见不远处的校门了，高兴地说，奶奶奶奶，我们到了，便不自觉地加紧了脚步。

到得宿舍门口，小莉先帮奶奶卸下了背上的背篓。小莉一用劲儿，竟然一下子没提得动，于是小莉又加了把劲儿，才把奶奶背上的背篓卸了下来。小莉问奶奶，怎么你的背篓这么重啊？奶奶笑着说，不重啊，可能是你走路走累了吧。小莉不置可否。这下轮到奶奶帮小莉卸背篓了，小莉觉得奶奶没怎么用劲儿就把自己背上的背篓卸下来了。

当奶奶卸下小莉背上背篓的时候，小莉完全傻眼了，小莉发现自己的背篓里，竟然只剩下了一半的野生果子，另一半竟不翼而飞。

那一瞬间，小莉突然明白了什么，也知道了自己的背篓为什么那么轻了。

小莉疯了似的打开了奶奶背篓里的被褥，那里面，果然藏满了一粒粒的野生果子。原来，奶奶边走边把小莉背篓里的野生果子一粒粒地捡到了自己的背篓里。

小莉看着奶奶，眼泪夺眶而出。

病历

这是我第一次陪晓寒来医院看病。

遥远的大西北，古朴城墙内的西京医院，我和晓寒穿梭于医院的走廊中，在无数个病患中奔走。

晓寒是我女朋友，出生时脸上带了一块暗红的胎记。我叫晓寒别治了，晓寒不听我的，非得来，说坚持治疗了这么多年，不能放弃。我说，在重庆不能治吗？晓寒说，我一直在这儿治疗，已经好多年了，这儿熟悉。无奈，我只得跟了过来。

医院是一个病患相当集中的地方，不来不知道，一旦来这儿一看，似乎所有患同一种病的患者都到了，我暗暗心塞，怎么有那么多不幸的人啊。

晓寒对这儿确实熟悉，一路上，从挂号到就诊，都是她在奔前走后，而我所能做的，就是跟在晓寒后面拿东西。我像穿花儿一样跟着晓寒在医院的各个走廊穿来走去。

一会儿拍片，一会儿就诊，一会儿拿结果，一会儿等值班医生讨论。

我在走廊的座凳上消磨着时间。

奔走了大约两个小时以后，我们终于排上了号，我和晓寒在医生办公室门口的过道上静静地等候着叫号。

终于轮到了我们，我看着晓寒走进了医生诊疗室。我在门口焦急地等着，手里是一大堆晓寒的物品。

我无法想象晓寒这么多年是怎么过来的，也不知道晓寒经历过什么样的苦楚，我只能凭我的猜测来推断，一个女孩子该怎么去面对自己脸上的那块暗红？晓寒说她以前经常单独从家里来医院就医，看了无数次，做了无数次的激光治疗，但效果都不明显，中途还有一次手术失败了，在本就暗红的脸上，又横添了一条疤痕。那次，晓寒哭了很久。

说实话，在听晓寒叙述这一切的时候，我没有明显的感同身受，有的只是一种旁听的冷静。我不知道，该怎么走进晓寒的伤痛。这，或许就是话语的苍白。

很多时候，语言，其实是无力的。它无法带我走进一个真正的世界。

我在走廊里坐立不安。

不一会儿，晓寒从诊疗室出来了，对我说，一会儿得去激光室做激光手术。我有些担心，但又不好阻止。晓寒似乎看出我的心思，说，没事儿的，我做过很多次了。

这一次，我依然对语言的功能产生了无可避免的疑问。

很多次，究竟是个什么概念？

老天保佑，激光手术很顺利，不到半个小时，晓寒便从手术室出来了，脸上包着一块纱布。

接下来，该去医生那里进行再一次的检查了，我跟在晓寒后面，再次来到了那个熟悉的诊疗室。我看着晓寒再一次走了进去。这次，我似乎不怎么紧张，毕竟，激光手术已经做完了，只等医生的术后叮嘱了。

我在走廊里等着晓寒。

十来分钟后，晓寒开门出来叫我，让我把包里的病历拿进去。我翻了半天，竟没找到。我走进了诊疗室，对晓寒说，我没找到。晓寒没说话，从我手里把包拿了过去，在里面翻找起来。我站在旁边静静地看着。

我看见晓寒从包里拿出了一个病历。那是一个泛黄的病历，早已破旧得像一本纸屑，病历的边缘，尽是破损的卷曲的旧纸页，有的业已脱离了病历，眼看就要掉下来。

晓寒拿着病历对医生说，医生，这是我十年前来咱们医院看病的病历，所有的治疗过程里面都有详细的记载……

我已听不清晓寒在说什么。

那一刻，我竟有一种莫名其妙的疼痛。我差点摇摇欲坠。

从这本破旧的泛黄的旧病历上，我似乎一下子看清了晓寒此前所有的来路，以及晓寒所遭受的所有的痛。

我转过身来，眼泪夺眶而出。

落叶

炽热的群山在慢慢冷凝，西方滚滚而下的夕阳燃烧着它一天中最后的战火，隐匿了。浊黄而苍白。风在山尖上打了个尖厉的呼哨，放肆地扬起一望无垠的黄土，然后扬长而去。黄土漫天飞舞，最后静静沉淀，好似上天给予的最严厉的惩罚，日复一日，年复一年地丰实这片古老的土地。

为什么？在人短短的一生中，走得最急的总是最美的时光。梦想和童话都是最美的，美的东西太玄妙，不可捉摸，飘忽易逝。

窗外，风仍在呼号着。他紧了紧衣服，默默地去了那寂静的也属于他的荒山。

荒山上只有一棵树，一棵饱经风霜的树。树在风中摇摆着刚强的身子。枯叶如蝶在风中翩翩起舞，然后化泥。盈盈而来，隐隐而去。

他是一个复读生，曾有过两次美丽的希望，也曾有过两次失望。此刻，面对这棵孤独的老树，这梦又飘来，在苍凉的荒原上驰骋，留下如钩残月下悲凉的影子。心中的驿站建起无数，他却没有逗留的闲心，向远方走去，走出一路信念，一路坚毅。

这是一个灰色的世界：灰色的天，灰色的地，灰色的树干和灰色的叶。

风吹过去，一片枯干的叶子晃晃悠悠地掉下来。经过眼前时，他的眼睛便随着转移，最后定格。那是一片千疮百孔受过伤的叶子。他鼻子有些酸，有颗咸的东西流到了他的嘴里。风仍在吹着，又有一片树叶落到地上，他想，这树叶受到了太多的打击。他抓了把泥土轻轻掩上树叶。他看着树叶，就那么看了十几分钟，一切问题都解决了。

天边最后一丝微光很快碎开了。蒙蒙的雾气洒下来，带给炽热的大地一丝凉意。他在遥远的山顶蹉跎着长夜。不时有山鼠和野狗从面前蹿过，它们不屑停下来，直直地钻入枯树，或是开裂的地缝中去了。黑沉沉的天幕下，仍能望见远处的山峦。夜色中，似乎磨去了苍老和峰棱，隐隐地透出些许柔和的线条，一浪一浪，竟如绿沉沉的水波，直奔天际而去。

几天后，他又去看了那棵树，发现它的叶子最后全落了下来。他想：它们应该满足了，因为它们做过挣扎，虽然败了，但败得坦然，败得绝无怨言。而且，春天来了，它们又会再长起来的。

这次落榜，他笑着去了民办高校。

外公

这几天夜里，我总是梦见外公。梦里的外公还是从前的老样子：瘦小的身子伫立在微微晚风中，被岁月吞噬的脸上挂着和蔼可亲的笑容，混浊的双眼迷茫地望着远山，像是在思考什么，更像是在企盼什么。他爱用他那沧桑的经历跟我说一些道理，我总是细细聆听，时不时跟他讨论点什么，乐得他就像一个小孩子似的手舞足蹈。他曾预言说：我将来是学文的。我不知道这是不是冥冥中已经注定，鬼使神差地我竟读了中文系。这些情景在梦里出现了好几次，我想，外公兴许是在挂念我了，我就给他烧几张纸钱吧……想起长眠于地下的外公，我忍不住感伤：这阴阳相隔，两个世界，一炷清香，几张冥纸难道就可以让亲人感知到我这份深深的思念吗？

外公是一个地地道道的农民。乡野凉夜，黑瓦土墙，翠竹老井，稻田土埂，构成了他生命的全部背景，鲜亮而沉静，清丽而浑浊。在这悠幽韵味的世界中，他把迢迢岁月揉搓成道道皱纹，而漫漫光阴又将他渐渐浓缩成山野风景画上的一个亮点。如今，隔着二十几年成长路回望，竟似上天滑落的一滴泪珠，模糊而亲切。

生前的外公是极疼爱我的，我在外公的呵护中长大。不单是我，外公所有的子孙都是在外公的手里拉扯大的。小时候的我是一个听话的小孩子，外公特别喜欢我，为此，我总是得寸进尺地提出一些无理的要求，但总能得到外公的满足。弯弯曲曲的山路旁有一棵大枫树，是望断人肠的所在。寒暑假临近的时候，外公就早早地伫立于此，翘望那绵绵不绝的土路。不用说，那定是盼我归去的殷殷企望，年复一年，他松树一般稳静地站立，一站就站成了我心底千年不化的风景。外公他们那深山坳里盛产梨和板栗，每次我去，他都会去给我打下一大堆来，让我吃个够。看着他蹒跚的身影笨拙地爬上梨树，我顿时体会到了朱自清先生“背影”的深刻内涵。而每次我走的时候，他都会送我到那棵大枫树下，一直望着我那幼小的身影在小路的尽头消失，他才会眷眷地回去。

外公勤劳而辛苦，在世间历经的七十几个春秋，天天都在重复着一个农村人该做的事。外公读过很多书，在他那一代人中，可谓是文化人了，有很多地方，我都很佩服他。年轻时的那段历史是外公一生中最难以忘怀，也是最让他自豪的，每每提起，都会流露出一脸的骄傲。外公也曾经历过历史的摧残，但他仍然不去在意那些遥远的过往。后来，生活变好了，外公依然整天忙碌着，带着一大群孙子。直到他永远闭上眼睛的那一刻，他都没有好好地享一享福。外公也许从没有考虑过他在这个家里生活得幸不幸福，直到他永久睡去，他也来不及考虑这个问题。但外公有什么遗憾的呢？他拥有满堂儿孙，这就足够了。现代人拥有的物质越来越富足了，却常常感到空虚没有依托，而生长在乡村的外公简单地生活着，却似乎找到了一种精神抒发的方式。

时光在不知不觉中流逝，往事也被覆上了蒙尘。岁月刷白了外公的头发和胡子，而我离开外公生活也有很久了，唯一遗憾的就是，我没能见外公最后一面。在我上大学那年，我没去看外公，匆匆忙忙地走了，没想到这一走竟成了永别。从小姨那里听到外公死讯的那个夜晚，我沿着校园的林荫小道走了一圈又一圈，而泪水已悄然滑出了我的眼眶。

夜在暴雨如注中哗哗喧语，夜茫茫，雨茫茫，不见远山。大雨“噼噼啪啪”地打着黑瓦，似要吞噬着一切生灵，而地层，此刻正在以青春和热血祭奠着太阳的残渣。凄风，苦雨，摇曳的火光，长久地镌刻在心，挥之不去。雨点铺天盖地，伴随着震动心门的轰轰雷响，发泄着连绵群山特有的郁闷和沉默，心里一阵紧似一阵。我回到了外公的故乡，面对人去屋空的场景，我只能仰望苍穹，体味着无尽的感伤。

第二天，我去给外公上坟，跪在外公的坟前，眼泪又一次涌了出来……

419的哭声

一个冬日傍晚，我接到了来自重庆的电话。

电话是奶奶打来的，奶奶在电话里说，左左在沙发上玩的时候，不小心从沙发上掉了下来，说手臂疼，并哭个不停。我心里一紧，想，不会骨折了吧。我顾不得思索，赶紧在电话里叫爷爷奶奶护住左左的手臂，并立即打车到儿童医院去做进一步的检查。

那时，我正在校园里散步，眼前熟悉的景致，竟突然间变得陌生起来。

我甚至来不及稍微想一下，便拨通了妻子的电话，让其放下手里的一切事，马上赶到儿童医院去一下。挂断电话，我便开始了无休无止地紧张，默念着千万不要出事，千万不要出事。几分钟后，我实在放心不下，便问爷爷奶奶到哪了，搭到出租车没。爷爷在电话里说，他们不久便可到医院了。我稍稍松了一口气，在电话里不断强调，记得挂急诊。才挂断电话，妻子的电话便打来了，说已经出发。此时，我抬头看了天空一眼，长出一口气。

我沿着校园里的路走了一圈又一圈，那漫无目的的等待，像一座大山一样，压得我喘不过气来。我一会儿掏出电话，拿在手里看看，又一会儿收起电话，继续走，在这种机械式的重复中，不断循环反复。

一个小时，两个小时，三个小时……我默数着时间。我从来没有觉得时间竟如此漫长。

中途，我曾试着坐在图书馆里，看书，不去想，但无论我怎么克服，一切都是徒劳。我一遍遍拨出电话，但却一直无人接听，这更加重了我的焦虑。

晚上十点，图书馆闭馆，我不得不回宿舍。

夜，死一般静寂，星星点点的月色，正透过树叶洒到路面，鬼影一般。我一个人走在校园的路上，步履沉重。

突然，裤兜里的电话嗡的一声响起来，吓得我一个激灵。电话是妻子打来的，我迫不及待地按下了接听键。妻子说，左左的锁骨骨折，现在已经接好了，背上穿了一个固定骨头的背带，得穿二十多天才能取，接骨的时候，孩子非常勇敢，哭了几声就没哭了。那一刻，我悬了一晚上的心终于得以落地。我接连说着，没事就好，没事就好。

我正准备挂电话，忽然听到妻子在电话中喊，左左，来跟爸爸说两句话，爸爸想你呢。不一会儿，电话里便传来了女儿那稚气的声音。还未待我开口，两岁多的女儿便说，爸爸，你不用担心我，我不疼。

那一瞬间，我像突然被什么东西击中了一样，眼泪哗哗哗哗地淌了下来，落在了冬日夜晚寒冷的地面上。我强忍眼泪，对女儿说，左左，你没事就好，爸爸很高兴，回去听爷爷奶奶的话，爸爸放假了就回来看你。

说完，我便挂断了电话，蹲在漆黑的校园的路旁，哭得稀里哗啦。

过了好一阵儿，我才从悲痛中缓过来，回到了 419 宿舍。

回到宿舍，我坐在床上，一言不发，傻了一般。脑中满是两岁多的女儿那折断的手臂。想着想着，不争气的眼泪就又下来了。此时，几个博士同学正好来到我宿舍，找我聊天，看到我这样，竟一时不知所措。

缓了缓，我才告诉他们是怎么回事。我说，其实我一直都还忍得住，就是听到孩子那一声“爸爸，我不疼”的时候，我再也忍不住了，瞬间泪奔，几十岁的人了，让你们见笑了。说完，我的眼泪竟又下来了。

宿舍里出奇的安静，大家都没说话。约莫几分钟后，大家开始安慰我，说着一些宽慰的话。其实，那时的我已经基本稳定了，得知孩子无碍，比什么都高兴。但，出乎我意料的是，大家说着说着，不知怎的，竟突然说到了自家孩子以前受伤的事，说得眼泪哗啦的，尤其是老崔，坐在我对面舍友的床上，哭得跟个孩子似的，不时用手抹着眼泪。

在老崔的感染下，大家都眼睛红红的，或许，都想到了一些伤痛的往事吧。霎时，整个 419 宿舍，便变成了一个眼泪场，充塞着一片啜泣声。

我们这个群体，年龄普遍偏大，多拖家带口，肩负着家庭的重担。现今不得已而背井离乡，外出求学，对家里多照顾不周，极度不易。不时想起，竟无语凝噎，充满着自责。但，生活还得继续，不然，能怎样呢。

我在想，就算时隔多年，岁月沧桑，我仍然会想起，那个寒冷的冬夜的 419 的哭声。

右右的眼泪

左左、右右一岁多的时候，我们家正面临着关键时刻：我准备考博，妻子准备毕业。

我们都没时间照顾孩子。

那个寒假，我们便趁着放假，准备把左左、右右送回老家，让爷爷、奶奶和外公、外婆带。然而，因爷爷、奶奶和外公、外婆不是住在一个地方，而老人年纪又大了，身体不行，同时带两个孩子，根本无法做到，所以我们不得不把两个孩子强行分开，让各带一个。

我永远记得那个寒冷的夜晚。

经过了一天接近八个小时的奔波，我和妻子带着左左、右右先来到了租住在秀山的外公、外婆家。晚饭后，我便琢磨着怎么让两个孩子分开。因两个孩子从出生到现在，一年多的时间里，一直在一起生活，从来没有分开过，而且，因孩子太小，也从来没有离开过我们，现在要我“丢弃”孩子，让一个一岁多的孩子在一个相对陌生的环境中去生活，着实有点让我痛苦不堪。

我磨蹭了半天，实在不忍。

而且，两个孩子似乎预感到将要发生什么，平时总喜欢哭闹的左左、右右，今晚竟变得出奇的乖，既不哭也不闹，非常安静。看着孩子这样，我有一种难言的苦痛。

时间越来越晚，我们还得赶回爷爷、奶奶家，不得不离开了。

我对妻子说，叫外婆抱着一个孩子去耍吧，然后我们偷偷地走，不然让孩子看着我们离开，我实在有点儿受不了。于是，趁着夜色，外婆便抱着右右跟着我们缓缓行走在寒冷的冬日街头。街边的霓虹，一闪一闪，在我看来，竟满是悲伤。我不敢回头去看右右，那时的我，真的是太脆弱了。

到了电影院停车场，我回头看了一眼右右，右右睁着一双小眼睛看着我，像是知道我们会离开，一声不哼。我让妻子牵着左左，我来到右右身边，摸了摸右右的脸蛋儿，对右右说，右右，你跟外婆去耍哈，爸爸、妈妈一会儿就回来。右右看着我，扑闪着眼睛，没吭声，表示了对我的回答。

我实在不忍先走，便示意外婆抱着右右先回去。外婆拍着右右的背，轻轻说，右右，来跟外婆回家去睡觉觉了。说罢，掉转身，准备离开。

那一刻，就着街边的霓虹，我看见了右右眼角的泪，正无声地顺着小小的脸颊往下流。

我两眼一黑，一股热泪便涌了上来。

在开车去爷爷、奶奶家的时候，我和妻子谁都没有说话，任凭无边无际的黑暗，围困着我们，我们似乎都想在这黑暗里，去忘却某种无法忘却的痛苦。左左在车的后排睡着了，妻子目光呆滞地呆坐着，不置一词。我看着前面无限延伸的蜿蜒曲折的山间公路，两眼迷茫，觉得前方的路，突然间竟变得异常沉重。

那夜，当我在龙潭老家的院子里跟奶奶说起右右的眼泪时，奶奶突然号啕大哭。

苏家坳的吊桥

今年寒假，到苏家坳去上坟，路过那座吊桥时，往事一幕幕涌了上来。

苏家坳是我外公外婆家，也是我童年时期的天堂。一到放假，我便来到苏家坳，不玩上十天半个月，绝不回去。那里，有我太多难忘的岁月。

从赵庄出发，到龙潭街上搭上三轮车，三轮车发出突突突的声音，颠簸着前行，用不了一个小时，便来到了江口。那时的三轮车，跟现在的可不一样，那时的三轮车很大，体积估计是现在电动三轮车的好几倍，司机在后面的货厢里放上两根长条凳，便用来跑短途载客，属客车。而且，那时也没有限坐多少人的说法，有时货厢里装不下了，便站立在货厢边缘的铁栏杆上，用手吊着，像极了挂在板壁上的玉米棒子。更有甚者，有时吊挂的人太多，三轮车开着开着，前面的车头便被后面的重量压得翘了起来，那些吊挂着的人便跳到公路上，待前面的车头重新落回地面，才重新爬上去。司机也很淡定，从车窗里伸出头来往后看一眼，又开着车继续前行。现在想想，这种场景其实很危险，但那时的我们却不觉得危险，只觉得刺激。

到了江口下车，走过一座吊桥，再沿着河岸走上几里田间小路，然后再爬上十几分钟山路，便到了苏家坳。苏家坳留给我的往事太多了，我现在单来说说苏家坳的吊桥。

苏家坳的吊桥，以前不在现在这个位置，而在现在顺着水流往下一两公里的地方，在江口小学的背后，现在这个位置，是以前江口电站的位置，属青岗翘。吊桥由几根很粗的钢索固定在河的两岸，然后拉紧，底下四根，用来铺设木质桥板，侧面两根，用来充当扶手，类似著名的大渡河铁索桥。由于整个桥体完全由几根钢索构成，桥下没有任何支撑物，所以人走在桥上的时候，整个吊桥便会晃动，行走的动作越大，吊桥晃动的幅度便越大，以至于有时不得不停下来，等晃动得不那么剧烈后，再继续前行。

于我们小孩子而言，这种晃动，无异于某种兴奋的源泉。我们来到吊桥上，奔跑打闹，故意拼命地摇晃，在吊桥剧烈的晃动中，喜笑颜开，感受着某种高空上的飘逸。特别是遇到有小女孩儿过桥的时候，我们便摇晃得更使劲儿，吓得那些小女孩儿蹲在桥上，双手紧紧抓住钢索，一动不敢动。吓得够了，我们便稳住吊桥，让那些小女孩儿过桥，有时，才走得几步，我们偶尔会再假装吓一吓，但不会当真。那些小女孩儿经过我们身边的时候，往往会朝我们哼的一声，来表达其强烈的不满，然后便头也不回地跑开了，背后的小辫子，在绿油油的田野上，摇来晃去，像极了摇晃的吊桥。

无人可吓的时候，我们便从桥的这头跑到桥的那头，再从桥的那头跑到桥的这头，跑得累了，便躺在摇摇晃晃的桥面上睡觉，那种感觉，像极了婴儿时期睡摇窠兜。有风的时候，我们便站在桥上折纸飞机玩，纸飞机随风飞起，远远地落在河面上，顺着水流远去，消失不见；无风的时候，我们便折纸船，从桥上放下，纸船在河水中颠簸前行，向远方流去，装着我们的梦想。

夏天，头顶烈日，我们在桥下的河水中翻滚扑腾；冬天，冒着严寒，我们在桥上的寒风中眺望远方。一座吊桥，连接着的，是我们童年的希望和未来。于大山里的孩子来说，山的那边，还是山，而桥的那边呢，不能还是桥吧。

有一年涨洪水，我们站在河岸上，眼睁睁地看着苏家坳的吊桥被滔天的洪水冲垮了，那紧绷的钢索在洪水中发出砰的一声，便断成了两截，像一条蛇，游向了远方。站在河岸上的我们，满眼绝望，嘴里发出了嗷嗷的叫声。从那以后，我便渐渐长大，去苏家坳的次数便少了，后来，到外地求学，苏家坳和苏家坳的吊桥，便成了刻在我灵魂深处的一个小黑点，怎么都消除不了。

我的两次遇“鬼”经历

从小到大，我曾有过两次遇“鬼”经历，一次是在小学二、三年级期间，一次是在高中二年级期间，而且，一次是“水鬼”，一次是“旱鬼”。

先来说说“水鬼”。

我家附近，有一条小河，从山里的杨寨溪蜿蜒而来，依地势在桥脚形成几个拐弯，然后继续南去。拐弯处往往积水成潭，河面宽广，有一米多深，非常适宜于小孩子凫水洗澡，来此消夏玩耍。

小时候的我便经常和小伙伴们来此潭中游泳洗澡，欢喜得不得了。有时是得到大人许可，正大光明，而有时则是背着大人，做贼似的偷偷跑来，玩得累了，便回家休息。此潭位于河湾深处，形似一弯月牙儿，我们唤作“月月潭”。我的游泳技能，便是打小在这月月潭中靠呛了不少水而自学成才的。月月潭边有一块草坪，我们总把衣服裤子脱放在草坪上，然后一头便扎下到水里，像一群下水的鸭子，嘎嘎嘎地笑着你来我往打水战。

我对这块草坪印象极其深刻，小时候有次来此放牛，不知何故，被自家水牛角顶来，要不是我躲闪及时，指不定会出什么事呢。即便这样，我胸前的衣服也被牛角顶穿了两个洞，撕扯得稀碎，现在想来都觉得危险。

有一天下午，我跟一个小伙伴来到月月潭中洗澡。那是一个艳阳高照的夏日，整个天空亮堂堂的，水面照得出影子。那次，我们运气极好，月月潭中除了我俩以外，便没人了。我把衣服裤子迅速脱光，丢到草坪上后，便像一尾鱼一样扎到了水里。我在潭中招手，叫小伙伴赶紧下水，水里舒服得很。

我在水里玩得忘乎所以，一会儿围着月月潭凫水，一会儿钻到水底摸石头，不知疲倦。我清楚地记得，在一次钻水底的时候，我感觉到有一双手在我肩背上使劲儿压我，似要把我按到水底。我当时的第一反应就是，定是同来的小伙伴在搞恶作剧，逗我玩儿，便没在意。但到后来，我便觉得不对劲儿，这双手好像没有放松的意思，竟弄得我呛了几口水。我拼命挣扎，但却无济于事，我感觉到我正在往下沉。出于求生的本能，我在水底捡了一块石头，朝后击打了一下，这双手才放开，我趁此机会便浮出水面，拼命吸了几口气。

缓过神来后，我朝着坐在草坪上的小伙伴便破口大骂，说你开玩笑得有分寸，差点把我呛死在里头了。小伙伴被我骂得稀里糊涂，赌咒发誓说他没有呛我水。我说除了你还有谁，这儿就我们两个。不知是我这话刺激了小伙伴还是怎的，小伙伴竟半天没说话，突然微闭双目若有所思，半晌，突然睁开眼朝我说，你是不是遇到鬼了哟，水鬼。

他这话吓了我一跳，我来不及多想，赶紧从水里上到岸上。我们你看看我，我看看你，再看看周围，周围静静的，除了满天的太阳，什么都没有。我们对视一眼，突然大喊一声，鬼呀，然后抱起草坪上的衣服裤子就跑，光着身子，一丝不挂，就那样穿过村庄。直到回到家好久，我们才回过神来。

这事困扰了我好多年，直到现在，我都搞不清楚当年到底是怎么回事，而那陪我下河洗澡的小伙伴，也因时隔多年，所走道路完全不同，早已失去了联系，从而无从查证了。

再来说说“旱鬼”。

那年我上高二，晚上十点放学回家，一个人走在寂静而黝黑的公路上。乡村的夜晚，很静，静得一点声音都没有。那时的乡村不像现在，路旁到处都是房屋，那时，得间隔很远才有一户人家，而且大都睡得很早，往往天一擦黑，家家户户便关门闭户，不再出来活动，哪像现在，午夜12点了，街上依然热闹非凡。

我在路过一段四周都是田野的路段时，不知怎么回事，竟突然有点紧张起来，总觉得背后跟得有人一样。我不时回头去看，但除了静静的夜以外，什么都没有。想到背后不远处乌家坡山上的那片坟地，我不知不觉间加速了步伐。

突然，我看见前面的道路尽头露出了两个小红点，一上一下，跳跃着向我移来，而且，两个小红点忽明忽暗，非常整齐地上下跳动。霎时，那些年看过的僵尸片便一股脑儿地涌上脑际，让我汗毛直竖。虽然随着年龄的增长，我不再相信这个世界上有鬼，但身处那种寂静暗黑的旷野，我不得不产生一种无穷无尽的紧张感。我眼看着那两个小红点离我越来越近，我赶紧俯下身去地上捡了一块尖锐的石头起来，紧紧拿在手里，随时准备作致命一击，拼个你死我活。

我屏住呼吸，紧紧盯住朝我移动过来的两个上下跳动的小红点。30米，20米，10米……我咬着牙齿，捏紧石头，蓄势待发。

突然，我放松了下来。待到近前，我终于看清了那两个小红点是怎么回事。原来，竟是一个人，一个走夜路的人，跟我一样。那人手里拿着一把破旧的灰暗的电筒，嘴里叼着一根点燃的烟，就那么行走在黑夜里，远远看来，随着脚步的移动，两个小红点便上下跳动，充满了诡异。

我丢掉了手里的石头，看着那人从我身边走了过去，继续朝着我的来路前行。我长长地出了一口气。回到家，我脱下衣服，竟发现已被汗水浸湿。我苦笑了一声。

这便是我 40 年间的两次遇“鬼”经历，现在回想起来，仍印象深刻，记于此，权当一次对久远往事的悬想。

仅此而已。

我所经历的三次高考

六月，一个离别的季节，校园里不断上演着一幕幕悲欢离合，不禁让我想起我所经历的三次高考。于我而言，这三次高考可谓刻骨铭心。

我的第一次高考是在 1999 年，那年，我 17 岁。

这次高考留给我的印象其实并不深，那时的我，压根儿就不知道高考是个什么概念，大学也似乎离我十万八千里，完全不知道是怎么回事。我只记得，我在教室外面的走廊上玩着玩着，就开始了高考。

那次高考，我只记住了两个词语：洪水和县城。

高考前夕，天破了一般，没日没夜地下雨，学校旁边湄苏河里的水，不断地往上涨，竟淹没了我们的教室。河边的树上，蜷曲着一条一条逃生的蛇，绝望地吐着信子。风雨不动数十年之久的老石拱大桥，也在一瞬间被折断，在水中发出凄厉的悲鸣。住校的学生，被迫无奈，晚间集体睡在大教室里，密密麻麻地铺开，像极了地里的红薯。

据镇上的老人讲，好多年都没发生过这么大的洪灾了，难不成老天爷发怒了？

最近几天，家乡普降暴雨，洪水成灾，乡亲们说，难道这是17年的一个轮回？

由于我所就读的学校当年还不是考点，所以我们得搭车去县城参加考试，但我们却听说，县城比我们镇上更糟，甚至有学生还坐着卸下的门板当“船”，划着去学校。因为洪水影响，我们的考场被临时更换了地点，从中学移到了县师范校附属小学。

那是我这辈子第一次进县城。

此前，我从未出过远门，也从未见到过所谓的“城市”，以致我在高考期间，显得有些手足无措，不敢到处乱走，担心找不到回来的路，也不知去何处解决就餐问题。那时，我是不敢进路边那些餐馆的，唯恐深藏在裤子口袋里的那些皱巴巴的钱不够，所以，我在学校对面一条小巷子里的一家面馆里，连续吃了三天的面条。我本不怎么喜欢吃面条，但高考那几天，我却觉得面条里似乎藏着无尽的美味。

高考结束后，父亲来县城接我，带我到县城一朋友家去做客，坐在沙发上聊天的时候，那家的一个女孩儿正在上高中，从冰箱里拿出一根“棒棒冰”给我解渴，我接过来，翻来覆去侍弄了半天，硬是没找到下口的地方，便红着脸退还了她，说我不喜欢这么冰的东西，也不知那女孩儿当时是否看出了我的窘态？

那次高考，由于自己没做好准备，知识掌握得不牢固，加上考场设置在小学，用的还是那种小学生用的连体书桌，凳子高桌子低，几场考试下来，勾得腰酸背痛，结果出来，我只考上了长江边上的一个师专。当时的我，年少气盛，便放弃了。

一个暑假以后，我来到学校复读，备战第二次高考。

经过第一次高考的失利之后，我知道了自己需要什么，所以复读的前几个月，我异常地勤奋，朝着目标不断地前进。

如果说第一次高考时的我还没长醒的话，那这次复读时的我又似乎醒得太早。复读大半学期之后，我不可遏制地喜欢上了班上的一个女孩儿，那是一个从县城下来复读的女孩儿，文文静静的，写得一手漂亮的作文，经常被语文老师拿到班上当范文念。那是一种青春期的萌动，而这种萌动于我来说，来得很不是时候。

自此以后，我变得精神迷离起来，上课总是走神。当时，班上有好几个男生都受恋爱之困。我记得其中一个男生骑着自行车去追暗恋着的那个女生，从学校一直追到十几里外的白岩脚，在被女生拒绝之后，回来的路上，趴在自行车龙头上号啕大哭。

我虽无如此严重，但还是用了好几个月的时间来调整状态，但，这些都是得付出代价的。第二次高考，我再次失利，和理想中的大学失之交臂。

此次高考之后，我赶车外出去散心，却遭遇到了一次差点夺去我生命的车祸。幸好老天眷顾，让我得以存活下来，也算得上是大难不死了。

这年九月，我收到了中国人民解放军重庆通信学院的录取通知书，衡量了一番之后，我不想再受高三的折磨，便选择了来校就读。命运有时候真是一个神奇的东西。我怎么都想不到，我就读的第一所大学，竟然会是一所军校，而且学的还是信息安全工程专业。

我骨子里对自由似乎有一种天生的渴望，以致我在重庆通信学院就读的日子里，充满着痛苦的折磨。严苛的纪律，整齐划一的步伐，让我最终失去了所有的耐心。在咬牙坚持了两个多月以后，我毅然决然地从重庆通信学院退学回家，开始了我的第三次高考备战。

这次复读，我承受着无比沉重的压力，那种断绝了一切退路的心理负担浊浪排空一般向我袭来，而且，留给我的时间只有一个学期。我很清楚，如果再次失利，对我来说意味着什么。

那时，考个大学比现在艰难许多，往往一个学校只能考上百多个大学生。从坐进教室的那一刻起，我便在这种压力下挣扎，有时甚至夜不能寐。我从未感觉到时间过得如此漫长，短短的几个月，竟有一种宛若隔世的况味在里面。

第三次高考如期而至，我从考场上下来时，脸色煞白，丢了魂一般靠在校门口的立柱上。父亲见我这样，竟不忍看着我，默默地离我而去。

在等待成绩的日子里，我像游魂一样，经常一个人在漆黑的街头游荡，漫无目的地走。从街这头，走到街那头，再重复着走回来，我不知道我到底该走向哪里？

查分的时候，我拿着电话，双手颤抖，我已承载不了那分数带给我的重量。那晚，我拒绝了父亲的陪伴，一个人走向了茫茫黑夜。至今，我都不知道父亲看着我失魂落魄地走向黑夜尽头的时候，究竟是一种什么样的心态。

我在想，他应该比我更疼。

那年八月，我从高中学校回来，手里拿着重庆师范大学中文系的录取通知书。

那是一个下午，阳光铺天盖地。

第二辑　时光·思

尊严

我有一个叔公，是大河口的村支书。

叔公是从部队上退下来的，大大小小的战役经历了无数，负伤多次，或许是他命不该绝，最终都没死成，竟一直熬到了现在。

你叔公是条硬汉。

这是我听到最多的关于他的评价。这些评价多来源于大河口的村民，至于怎么个硬法，我也无从知道。其实，我和叔公之间完全很陌生，像是隔了一座山。我和叔公接触很少，大多数时候一年只见得到一次面，那即是年关时节，我们一大家子到大河口去拜年，叔公作为硕果仅存的长辈，端坐在太师椅上，接受我们这群晚辈的拜见。我很少看见叔公笑，他坐在那里，往往像一尊菩萨，很严肃的那种菩萨。我们磕完头，叔公照例分发一些压岁钱，除开嗯嗯啊啊一类的感叹词以外，嘴里也无多话。

小时候，去大河口拜年，只顾得上玩，哪里会去注意什么叔公呢？长大后，我又长年累月在外面读书，从中学到大学，从大学到工作岗位，又从工作岗位到研究生，回去大河口的机会就更少了，有时甚至几年都不回去一次，更别说见到叔公了。

但最近一两年来，我竟去得多了。

我是去大河口看叔公的。叔公身患绝症，可谓时日无多。

这个时候，我才真正理解到，村民们口中叔公的硬，是个什么程度。

叔公患的是癌症，胃癌晚期，疼起来不要命。我见到叔公的时候，他很消瘦，但精神很好，不知道的，完全看不出这是一个身患绝症的垂死老者。我去的时候，叔公很费劲儿地从床上坐了起来，和我摆龙门阵，问我在外面怎么样，我一一回答。我担心叔公的身体，叫他躺下说话，但叔公很倔，他说，我又还没死，哪有躺下说话的道理，说话就该坐起来好好说。

那几天，是我这辈子和叔公说话最多的时候，仿佛一辈子的话，都在那几天全说完了。叔公给我摆他的过去，摆他的战争岁月，摆他是怎么当上村支书的，说得意气风发。

我见过很多绝症患者，但我从来没有见过叔公这样的绝症患者。

叔公坚持天天起床洗脸，然后刷牙，自己洗不动，就叫他的子女们帮着洗。早饭后，必然穿戴得整整齐齐，端把扶手椅坐在大堂屋里，听听新闻和京剧，累了，就回到床上去躺着。在叔公家的日子里，我从来没听见叔公喊过一声疼，就算我看见他有时疼得眉头紧锁，虚汗直冒，也不见他叫唤一声。

叔公的女儿哭着说，爹，你疼你就喊出来吧，别憋着。叔公不说话，看着他哭着的女儿，牙关紧咬。缓过一阵以后，叔公必叫女儿打水来给他擦汗。这时，我才听他轻轻地说：喊什么？有什么好喊的？喊魂？

我听得心里一震。

有时，村里有村民来家里看叔公，这时，不管是个什么样，叔公必然会叫大家把他抬到堂屋的扶手椅上来，坐着和来客说话，从不妥协。我曾趁着叔公病痛稍轻的时候问过叔公，为什么要这样？叔公说，我是个当兵的，又是支书，得有尊严！

尊严！

听到叔公说出这个词的时候，我竟呆在了那里，半天没缓过神来。

我是看着叔公走的。那一天，叔公突然变得话很多，把大家叫拢来，有说不完的话，交代不完的事，虽然说得冷汗在骨瘦如柴的脸庞上纵横交错地流，依然不肯停歇。

将近黄昏的时候，叔公叫来他的大儿子和小儿子，叫他们把他抬起来，说他想去堂屋的祖宗牌位下坐坐。叔公的两个儿子不敢违拗，只得听叔公的。待得坐定，叔公又吩咐，去他的木箱里把他的那身旧军装拿来，他想穿穿。

穿上军装的叔公，显得英姿勃发，整个看上去竟有一种伟岸的味道。但，不久，我们便看见了叔公颤抖的双手，他勉强支撑着身体，尽量不让自己歪斜，端坐在椅子上。叔公的女儿想过去扶住叔公，但不知道叔公此时哪来的力量，一声大喝，不准他女儿前进半步。

叔公越抖越厉害，我们也越来越紧张。叔公的女儿竟吓得抽泣不止，但又不敢哭出声，只得用手捂住嘴，不停地抽泣，抽得差点背过气去。叔公的两个儿子也大气不敢出，直勾勾地看着叔公，不知道该怎么办。我甚至紧张得几乎停止了呼吸。十几分钟以后，叔公不再颤抖了，也不再动了，他在椅子上坐得端端正正，真像一尊泥塑的菩萨。

叔公走了！

一家子顿时号啕大哭起来。在这震天的哭声中，叔公一声不吭地看着我们。

那一刻，我想到了叔公说的掷地有声的两个字——

尊严！

九九归一

我们系有一个老教授，对待工作和生活总是极其认真，虽已退休在家，但关于他的故事却总是在不断流传。

他容不得工作中有一点点纰漏，总是想方设法地做到最好。上课前，他总是会花大量的时间来备课，有时甚至为了一节不太重要的课，看完几十本参考资料。他在批改学生作业的时候，往往也是一丝不苟，就算面对那些吊儿郎当的学生，也会逐字逐句地批改，甚至不放过任何一个标点符号。他很较真，在学校里任何一个角落里看见学生调皮捣蛋，都会叫住学生批评教育老半天，直说得学生面红耳赤，拱手作揖连连道歉。有时遇到系里的同事不认真，他也会毫无顾忌地说上几句，说得大家直想跟他翻脸，尤其是年轻教师，看见他就像看见瘟神一样，时时处处都躲着他。他甚至会跟楼道里的保洁员讲上半天道理，讲得保洁员一脸的茫然。他总是把自己穿得规规矩矩，就算是头上满头白发，也梳得整整齐齐。他的办公桌上，你看不到一丝灰尘，任何东西都摆放得整齐划一。

这就是我来系里教书以后听到的最多的关于他的故事。

但，那时的我，怎么也想不到，我有一天竟会和他相遇。那是一个重阳节，系里组织退休老教师聚会，把我们新分来的年轻教师弄来和老教师谈心，算是接受再教育。我就是在重阳节的茶话会上遇到他的。

因为听到关于他的太多传说，所以当介绍到他时，我忍不住多看了两眼。那果然是一个看上去就特别严肃认真的老头，坐在那里一动不动，认真听着年轻教师的汇报，和其他喝茶聊天的老教授形成了鲜明的对比。我忍不住心里咯噔一下，心想，我还是尽量莫去招惹他为好。

但，散会后，我还是被他叫住了。他说，小郭啊，你来一下，我有几句话跟你说。我硬着头皮走了过去，微笑着朝他打着招呼。他和我说了差不多半个小时，具体说的什么，我其实并不大注意，反正是噼里啪啦一大串，只记得听到最多的两个字是：认真。

那次，我逃也似的离开了茶话会会场。

第二次和他相遇，是在他的葬礼上。

那次茶话会后，没过几年，他就去世了，系里安排我们去参加他的葬礼。在葬礼上，系上领导致辞时，对他大加赞赏，说其是现在年轻教师的楷模等等云云。我对这一类致辞异常熟悉，知道只是走一个程序，以示对死者的尊重罢了。唯一让我震撼的，是瞻仰他的遗容。我看见他躺在透明的玻璃框里，带着微笑，是那么的宁静和安详。那一刻，我竟感觉到一种莫名其妙的温暖从胸际流过。

从葬礼上回来后，我又渐渐把他忘了，毕竟，于我而言，他只是我生命中一个匆匆的过客。

一天傍晚，我在食堂用完晚饭，便到校园里四处溜达。我们学校很大，也很幽静，但不知为什么，那天我竟始终找不到一块宁静的地方。不管我走到哪里，都有一群老头老太太围成一堆在那激越的音乐中疯狂地跳着时下最为流行的坝坝舞。他们跳着舞着，在那通俗得让我不明所以的歌声中摇摆着他们生命中的晚年时光。

我再一次逃离了校园。

在逃离的过程中，不知道为什么，我竟突然想起了他——系里那个业已去世的在其生命中时时较真的老教授。

我摇了摇头，无奈地笑了笑。

几年后的一天，不知怎的，我鬼使神差般来到了学校后面的山坡上。那是一块墓地，里面埋着这个城市里一个个死去的生命。我看着那些坟墓，有的簇新，有的陈旧，有的荒芜得长满杂草，也有的垒砌得有些“豪华”。突然，我竟看见了我们系里那个老教授的坟墓，他默默地堆在那里，显得很不扎眼，只一块简易的墓碑，告诉我这里面埋的是他。

那一刻，我呆立在他的墓前，半天移不开脚步。久久地，我看着眼前这一个小小的土堆，眼前尽是他认真而倔强的身影。

沉默一阵以后，我准备转身离开。突然，我看见了他坟墓旁的另一所坟墓，那是一所崭新的坟墓，堆在上面的土都还残留着潮湿的泥土气息。

临走时，我瞥了一眼那所新坟的墓碑，赫然发现，那一所被枪决的罪犯的坟。

到得山脚，我回过头来朝坡上望去，他的那所坟早已隐没在一片坟墓中间。

雨中的燕子

七月酷暑，一场暴风雨突如其来地降临。我从家里来到屋檐下看雨，突然发现了这几只在暴风雨中飞舞的燕子。

它们在暴风雨中拼命地挣扎，但似乎雨点太大，击打着它们弱小的翅膀，使它们失去了飞翔的方向，在暴风雨中乱飞乱撞。它们拼命地扇动着被雨淋湿的翅膀，想要冲出这暴风雨的阻隔，但一切的努力都是徒劳的。我看见它们忽上忽下，刚想起飞，又被暴雨击打得掉了下来，在下落的过程中，它们又憋足一股劲儿，振翅而起，但上升往往不过数米，便又被击落下来。它们就这样，被暴风雨困在了空中。

我双眉紧锁，在屋檐下替它们焦急，担心它们一个支撑不住，便会被这夏日狂乱的暴风雨击落在地，从而毁掉它们飞翔的梦想。

那一刻，我真希望这暴风雨早点停歇，让它们能够安全回家。

谢天谢地，我这样想着，暴风雨果然停了下来。

暴风雨刚一停歇，那几只燕子便尖叫几声，瞬间就消失在我的视野里。我真替它们高兴。

屋里闷热至极，我便搬了个凳子到屋檐脚看书，以打发这虚空的时光。夏日的暴风雨，说来就来，说去便去，没有任何一丝征兆。不一会儿，这暴风雨又莫名其妙地降临，雨点噼噼啪啪地击打着屋顶，像极了铁锅里爆豆子的声音，杂乱无章。

我正准备进屋，抬眼一看，竟惊得我差点把手中的书掉到地上。

我又看见了暴风雨中的那几只燕子。

对，又是刚才的那几只燕子，在暴风雨中“痛苦”地“挣扎”。

它们辗转腾挪，“拼命”扑打着翅膀，在和暴风雨作顽强的抗争。它们左冲右突，一忽儿上一忽儿下，穿花儿一般，在暴风雨中起起落落。雨滴打在它们的翅膀上，似乎反而增强了它们的斗志和勇气，它们跳跃着，它们飞翔着，它们在暴风雨中放肆地舞蹈。暴风雨更大了，它们发出尖厉的叫声，迎着暴风雨冲了过去，似要用自己柔弱的身躯撕开这灰暗的天宇，到达一个光明的地方。

直到此时，我才发现我彻底错了，而且错得离谱，错得不可饶恕。

这哪里是被“困”在暴风雨中的燕子？这明明是在暴风雨中顽强斗争的燕子，是以这暴风雨为乐的燕子，是把暴风雨“困”在自己骄傲的飞翔中的燕子！

我顿时变得肃然起敬起来。

这几只在暴风雨中飞舞的燕子，哪里还是燕子？分明是几个敢于向困难和命运抗争的勇士。

我默默地注视着那几只燕子，它们还在暴风雨中自由地飞翔。它们的姿势不再那么笨拙，而是那么的轻盈，那么的豪迈，那么的勇敢无畏。于它们而言，在这暴风雨中自由地飞翔，不再是一种痛苦和负担，而是一种幸福和享受，是一种进取和抗争，更是一种挑战和超越。

暴风雨停歇了，它们抖抖被雨淋湿的翅膀，尖叫着直奔天际而去。

我坚信，在下一场暴风雨来临之时，它们一定又会飞回来。

因为——

它们是这夏日暴风雨中的勇敢的黑色的精灵。

银杏！银杏！

读硕士的时候，在文学院门前，有两棵银杏树。一到树叶黄时，便有许许多多的学生来此拍照，或跳或坐，用青春留下和银杏的最美时光。

读博士的时候，在图书馆门前，银杏由两棵变成了两排，矗立在草坪的两旁，整整齐齐，像卫队一样，守护着这片宁静的校园。一到树叶黄时，也有许许多多学生来此拍照，摆出各种姿势，定格住刹那的时光。

我不知道人们为什么那么喜欢和银杏拍照。或许是那满地的金黄有着一种绚丽夺目的美；也或许是那随风飘落的黄叶在空中翩翩起舞，摇曳生姿；亦或许是那挺立的树干象征着某种精神，坚贞不屈；更或许是银杏那绽放的美只有短短的几天，稍不留神，便转瞬即逝。

不管怎样，银杏的美，都足以让其傲然于世。

原先的时候，我是不怎么喜欢银杏的，觉得它过于娇贵，不接地气，很难存活，又不像其他树种那样，有郁郁葱葱的树叶，可以遮风挡雨，一年四季都稀稀拉拉挂着几片树叶，骄傲地站在一边，显得很不合群。

后来，不知从何时起，我开始变得喜欢银杏了，而且，越来越喜欢。

这，或许缘于年龄的增长，让我更加了解了生和死，了解了生命的内涵。只有这样，我才能更加了解银杏，了解银杏的高贵。

银杏的美，是一种悲壮的美。

平时的银杏，似乎没什么存在感，寂寞地立在那里，几乎无人问津。树干不大，树枝不多，树叶不茂盛，可谓要树干无树干，要树枝无树枝，要树叶无树叶。绿，比不过竹；直，比不过白杨；茂密，随便一个树种都比银杏茂密；坚韧和倔强，更不用说，完全不及黄葛和胡杨的万一；就连成排的站立，也不及垂柳及雪松耐看。

然而，一到秋天，银杏的树叶黄时，银杏便成了注目的焦点。一眼望去，满是金黄，微风一吹，便随风飘舞，那么潇洒，那么柔美，那么热烈。继而，飘落到地上，一片片，一层层，铺满大地，把脚下的大地装扮得金黄而美丽。

小孩来了，青年来了，老人来了，他们在银杏树下放肆地笑着，默默地坐着，尽兴地玩着，拍着照，说着话，哼着小曲，就连拿着扫帚的清洁工，这几天都不忍打破这种极致的美丽，眼含笑意，默默地绕了开去。

此时的银杏，成了一切生命的源泉。美丽，高贵，无拘无束。

然而，为了这一刻生命的绽放，银杏付出的，却是整个一生。从冬天的严寒，到春天的和煦，再到夏天的烈日，银杏用尽了生命的一切积蓄力量，才成就了最后这一刻的飘落。可以说，银杏这短暂的绽放，经过的是一年时间漫长的蛰伏。

那一瞬间，我想到了一个词——向死而生！

从出生的那一刻，便知道死亡的归宿，然而，却依然走得坚定不移，像迎接某个节日一样，奔向死亡。飘落的那一刻，绽放得无拘无束，飞舞，飘落，最后掩埋。然后，重新开始新一轮的奔向。

银杏，把生命的美，绽放到了极致。

银杏的美，何等高贵，何等苍凉，何等悲壮！

银杏，用自己对生命的理解，诠释着生命的真谛。生，默默无闻；死，轰轰烈烈。

不知怎的，我突然想到了古观音禅寺的那棵千年银杏，金黄满地，簇拥着千年古树，一年一年地落叶，意即一年一年生命的终结和重生。那顽强不屈的生命，穿越千年，不断在重生中死亡，在死亡中重生。

生命，一旦和寺庙牵扯上某种关系，便具有了禅意。

我来到图书馆门前，看着眼前那两排银杏，光秃秃的，一片叶子也没有，全在那一场生命的飞舞中掉光了，和旁边深绿的雪松形成了鲜明的对比，显得极度落寞。

但，我知道，在不久的将来，等待它的，必将是涅槃后的重生。

公告栏

今天在外面散步的时候，偶然路过一个公告栏。因闲着没事，便驻足窗前，看公告栏里面张贴得密密麻麻的广告。

于城市而言，公告栏无异于一座桥梁，沟通着川流不息而又互不相识的人们。人们在这里驻足，做短暂的停留，寻找着有用的信息，然后拿出电话，拨通那个陌生的号码，然后在话语中寻找归宿，寄寓未来，承担责任……

公告栏嵌于一堵矮墙上，像一个被遗弃的婴儿，躲在城市的角落里。上面那些纸糊的广告单，有的歪斜，有的残缺，有的若飘飞的蝴蝶，在风中翩翩起舞。

一个公告栏，就是一个世界。

乡下来的农民工，几乎大大都会到公告栏前来寻找求生的途径，他们衣着破旧，面容疲惫，租住在附近的城中村里，充满希望而来，带着失望而归，来来去去，不停奔波，这一来一去，就是他们的一生。公告栏里，不仅装着他们的希望，也装着故乡妻儿老小的希望。

客居异乡的打工者，行色匆匆，居无定所，一年一年，像候鸟一样迁徙，南来北往，寒来暑去，他们缺少的，不仅仅只是一个落脚的窝，更是一个灵魂憩息的所在。傍晚空闲时分，他们来到公告栏前，寻找一个可以安放灵魂的地方。

外出游玩的旅者，跋涉千山万水，日出而行，日没而息，永远在路上，当夜幕降临的时候，他们也需要一个做短暂停留的地方，养足精神，以便让他们能够更好地前行。于他们而言，背上背的，就是整个天下。公告栏，只会是临时停靠的驿站。

等待放学的家长，翘首以盼，望眼欲穿，期待着那熟悉的身影，在他们眼中，那些背着书包归来的莘莘学子，不仅是他们的现在，更是他们的未来。等待放学的间隙，他们聚精会神地看着公告栏里面的各种培训信息，像一个个虔诚的信徒，寻找希望的种子和培育的温床。此时的公告栏，变成了一条条通往前方的路，宽阔而平坦。

我默默地站在公告栏的一旁，看公告栏前的熙熙攘攘和来来往往，那些穿梭的身影，一会儿便换了一拨，穿花儿一般，辛酸中夹着无奈，迷茫中带着坚毅。我知道，他们中的大多数跟我一样，只是这个城市的过客，无法驻足，更无法停留，得不停地走，只有这样，才不会被城市湮没。

夕阳渐渐西沉，那温暖而苍凉的余晖洒向大地，照映得公告栏更加落寞。我朝着那堵矮墙走过去，想再仔细看看隐藏在其中的这个世界。在苍茫的天地间，矮墙显得很突兀，不知所措地矗立在路旁，一脸沧桑。

我看着公告栏上贴满的纸条，上面充塞着各种各样的信息，招工的，租房的，旅游的，装修的，开锁的，教育培训的……然而，最醒目的还是那大红的金榜和苍白的讣告：

一堵矮墙，让我们看见的，除了功名，还有生死。

滴落的山泉

我曾在三峡库区的一所中学里工作。学校位于县城边缘，建设在半山腰上，教学楼背后便是山坡，布满泥土和岩石。山坡上有一座寺庙，名唤清净庵。

那时，我整天整天地穿梭于办公室和宿舍间，蹉跎着青春和岁月。

学校为了加固山体，用水泥封住了缺少岩石的泥坡，以免造成滑坡，伤及学生。在教室去往食堂和宿舍的路旁，就有一堵加固后的斜坡。但和学校其他地方的斜坡不同的是，这里的水泥斜坡中，嵌有一根竹水管，一年四季都在往外流着山泉水。我不知道这根竹水管的来历，可能是当时加固坡体的时候，看见这里有一股极小的山泉，不忍把其封住，故而用了一根竹水管将山泉引了出来，再用水泥将其封住，便成了现今的模样。

竹水管靠近路旁，嵌在坚硬的水泥坡体中，离地有一米左右，伸出水泥坡体一掌的距离，流出的山泉水刚好滴落在路旁的水沟里，然后顺着水沟蜿蜒而去。山泉水不大，很小的一股，类似没关紧的水龙头。山泉水很清澈，冬暖夏凉，从来不会绝断，就算外面干旱得小河断流，长江露堤，甚至禾苗枯死，这股细细的山泉水依然不知疲倦地流着。

谁都不知道这股山泉水来自何处，或许来自山体内部，或许来自地底，也或许来自天空，但不管来自哪里，山泉水都以其自己的方式存在着，存在于一所半山腰的学校里。

水，是生命的源泉，而知识，也是生命的源泉。我们的生命需要源泉。

虽然这股山泉水天天存在于此，但似乎谁都没有关注过它，学生们从早到晚，来来去去，从宿舍到教室，从教室到宿舍，一天无数次地路过，都不会多看山泉水一眼，任由其潺潺地流。

山泉水能做什么呢？学校里有自来水，有饮用纯净水，有浴室，有盥洗间，有小卖部，跟这些相比，山泉水显得太微不足道了，以至于山泉水除了自顾自地流动以外，并无其他任何作用，只是偶尔会有弄脏了手脚的学生，路过山泉水时，会蹲下来，用山泉水洗洗手，冲冲脚。

山泉水不管这些，依然天天流着，流得自由自在。

有一天晚上，我很晚才从外面回学校，当我来到教学楼前的花坛时，便看见了山泉水旁排着一排长长的队，弯弯曲曲，从山泉水旁，一直延伸到宿舍门口。我不知道到底发生了什么，平时几乎无人问津的山泉水，今夜怎么突然间变得门庭若市。

当我来到近前，才看清排队的是住校的师生，他们手里或端着脸盆，或提着水桶，排着队来到山泉水前接水，井然有序。不用问，我便知道是学校停水了，师生们需要用山泉水来做睡前洗漱。

路过山泉水时，我听见了山泉水流注到塑料水桶里的声音，哗啦哗啦的，虽然很小，但却异常动听。我回到宿舍，站在阳台上看黑暗中那长长的队，缓缓向着山泉水移动，越来越短。我看了一眼时间，已然是凌晨了，山脚下的县城，依然霓虹闪耀，远处滚滚的长江，不舍昼夜。

我回到屋里，提上水桶，下得楼来，朝着山泉水走去。

黑暗中，一个细微的声音在说，不要小看任何一个微不足道的事物，或许，在某个时刻，能堪大用。

龙东小学的香樟树

我从小就特别喜欢香樟树。

这或许缘于我的生长环境。我家院子里有一棵香樟树，很高，很茂密。香樟树从底部分成三个分枝，三个分枝各自向上生长形成三棵互不干涉的树，三棵树有着共同的底部，亦即有着共同的树根，而三棵树的树干则又几乎一模一样，待得长到上面，三棵树的枝叶则聚在一起，形成一片巨大的浓荫。于是，这棵香樟树便成了一道醒目的风景，自然也成了我家的标志。

这棵香樟树陪伴了我整整三十多年。童年时期，我经常会爬到香樟树上去玩，去掏鸟窝。少年时期，我经常会到树下捡拾香樟树掉下来的树籽，用作自制竹筒枪的子弹，打得噼里啪啦。青年时期，放寒暑假回家，我偶尔会搬个凳子，坐到香樟树下，在光影婆娑的树荫下，装模作样地读读书。现在，我则更多地会一个人默默地站在香樟树下，思索一些不着边际的问题，静待时光的流逝。我在想，等我将来老了，我还会放把躺椅，躺在香樟树下，摇着蒲扇喝着茶，微闭双目回想我这一生。

然而，我今天说的，却不是我家院子里的这棵香樟树，而是龙东小学校园里的香樟树。

龙东小学是一个乡村小学，在离我家不到两公里的地方。我就是在龙东小学启蒙。从小学一年级到小学三年级，我在龙东小学度过了三年难忘的时光。龙东小学不大，只有两栋楼，一栋办公楼，一栋教学楼，两栋楼中间夹着一个操场和一个厕所。我读书那会儿，楼是木楼，整个用木头和木板造就，走在上面咯咯作响，而且，我清楚地记得，我们教室外面用来支撑房屋的木制梁柱，已然发生了倾斜，要倒不倒，也不知是梁柱在支撑着木楼，还是木楼在吊挂着梁柱。当然，现在的两栋楼早已变成了钢混结构，装饰一新，但我总觉得，似乎缺少了我们读书时那种古朴的味道。

离学校不到一公里的地方是湄苏河，我们夏天总是偷偷地溜到河里去洗澡，洗净一身疲惫。在学校校门右边，有一个用岩石和泥土砌起来的四四方方的平台，平台中间，就是那棵大香樟树。香樟树很有些年份，在我进校很多年前就有了，具体哪年有的，我也说不清楚。香樟树不是很高，向四周呈扩散状，枝繁叶茂，形似一棵巨大的蘑菇。

在我读书那会儿，香樟树就是龙东小学的象征，不管什么活动都是在那棵香樟树下开展，学校的各种集会，诸如表彰会誓师会儿童节晚会等，都是在香樟树下举行。我记得我第一次戴上红领巾，就是在那棵香樟树下。那时，浓密的绿，鲜艳的红，相互映照，很有一种庄严感。

此外，那棵香樟树更是我们的天堂，下课时，我们不是聚集在教室外面的板壁上挤油渣，就是跑到香樟树下去跳绳和扇豆腐干，玩弹珠和捡石子，抑或是钻树洞。我们最喜欢钻树洞，几个小孩从树底的洞口钻进去，手脚并用，顺着树洞往上爬，到了洞顶，便露出个小脑袋，朝着树下等待的同学傻笑，沾沾自喜，然后又顺着树洞原路返回，再从树底钻出来，看别的同学继续钻。有时，我们也会在树洞里打闹，传出一阵阵叫喊声，因树洞的缘故，声音变得悠远绵长。

我想，我有必要介绍一下这棵香樟树的树洞了。

香樟树的树干很粗，得两三个人合围才能围住，因年龄的缘故，树干已经明显老化，从外面看，外壳干裂，树皮脱落，而在内里，树干已经从中间空了，形成一个镂空的树洞，风化出许多树的碎末，只要稍微一触碰，就唰唰往下掉。后来，因小孩们长期在树洞里钻来钻去，把树洞磨得很平，那些碎末便全掉到了洞底，踩来踩去，便填充得很结实。树洞长几米，到树干的中部位置便没有了，在树洞的顶端，有一个小孩脑袋大小的洞口，可伸出头来，看树的外面。

因树洞的缘故，远远看去，整棵香樟树就像由一块薄薄的树皮支撑起来的，很是神奇。曾几何时，我曾担心这棵香樟树活不了多长时间了，一阵风吹来，或许就能将其吹倒，抑或是将其从空空的树洞中折断，但，这么多年过去了，那棵香樟树依然挺立在龙东小学校园里，寒来暑往，郁郁葱葱，几无枯黄败落的痕迹，以及离开这个尘世的意思。

我不得不赞叹生命的神奇：就算中间空成那样，也能矗立不倒这许多年，甚至还能一直矗立下去，但凡只要有一丝希望，都不会放弃对生命的渴求，生命的顽强，由此可见一斑。

操场上的杂草

我读高中那会儿，学校的操场是泥土铺就，一到开学时节，操场上便长满了杂草，满操场都是，放眼望去，铺天盖地，极其壮观。因此，我们一到开学便得锄草，连铲带刨，你扯我拔，你方唱罢我登场，经过全校教职员工的日夜奋战，往往几天后，操场便能重返往日的干净。

学校为了阻止杂草的疯长，可谓想尽了办法，把泥土筑紧，不给杂草生长的空间，喷洒除草剂，消灭杂草生长的根须，用锅炉房废弃的煤渣子铺到操场上，伤害杂草生长的基础，甚至允许附近的农民在假期进来放牧，剥夺杂草生长的权利，然而，所有办法用尽，还是不能阻止杂草的生长，经过一个漫长的假期，杂草依然铺满了操场。

年轻的朋友可能会说，怎么不铺设塑胶呢？我想说的是，那时候很穷，尤其是农村学校更穷，别说铺设塑胶操场，连塑胶操场是个什么样子，我们都没见过。我记得有一次上体育课，我在一百米短跑时，由于速度控制不住，身体前倾，导致脚步跟不上节奏，一下子就摔倒在地，小腿鲜血直流，全是擦痕，而且，因跑道上全是细碎的煤渣子，医务室的医生在清理伤口时，弄得满头大汗。

和现在的塑胶操场比起来，我们那时的操场显得很落后，但，落后也有落后的欢乐，尤其是下雨天的时候，一群学生在操场踢球，那溅起的泥水，弄得满头满脸都是，到得结束时，早已分不清，哪是泥水，哪是雨水了。然后，一群泥娃来到学校旁边的湄苏河里，扑通扑通跳下去，在河水里洗尽一身的疲惫，再回到教室里，捧读那永远也读不完的书。

后来，也记不清是哪一年了，学校有钱了，终于用水泥把操场铺设了一遍，那灰白的水泥地面，在阳光下很是耀眼，看得我们两眼模糊。从此，我们便告别了操场上的杂草，告别了泥水，告别了那些难忘的青葱岁月。

再后来，我就毕业了，到了省城上大学。我不知道是不是冥冥中有所注定，我所读的第一所大学，其操场，竟也是泥土操场，直到两年后，才铺设成塑胶操场，那也是我这辈子第一次看见塑胶操场。

最近几年，我原来的高中建设了新校区，也铺设了塑胶操场，而以前的那块水泥操场，便废弃不用了。今年寒假，我闲着没事，便来到了高中学校里，想看看多年前的那些流失的岁月，能不能寻找到一些回来。当我来到那块水泥操场前的时候，瞬间，便被眼前的景象震住了：操场上杂草丛生，一眼望去，铺天盖地，极其壮观，那些坚硬的水泥地面，全被一丛一丛的杂草冲破，东一个窟窿，西一个洞洞，那些破碎的水泥残渣，隐藏在茂盛的杂草下面，像被丢弃的垃圾一样，显得极其落寞，一阵晚风吹来，那一片一片的杂草在风中摇摆，像极了某种生命的舞蹈。

教室里的盆栽

十多年前，我教高中的时候，给教室里买了几盆盆栽，放置在教室后面的书架上，想着既能装饰教室，又能净化教室的空气，可谓一举两得。我买的都是比较容易存活的植物，两盆绿萝，一盆文竹，一盆芦荟和三盆兰草，并特地嘱咐值日生在打扫教室的时候，注意观察盆栽，如有必要，记得洒水。

绿萝极易养，可谓遇水即活，生命极其顽强，生长开来，那碧绿的长长的茂密的藤，垂吊下来，让教室里充满着生气。文竹体态轻盈，优雅别致，鳞片状竹叶似竹非竹，呈云状散开，颇有点仙风道骨的味道。芦荟一层层一丛丛，碧绿的带刺的花叶向上生长，稍有分枝，呈小伞形，象征着某种自强不息。兰草乃花中君子，素而不艳，亭亭玉立，对生长环境从不挑挑拣拣，只要有一线希望，绝不轻言生死。

不同的盆栽，不同的花语，我本希望同学们在紧张的氛围中，对未来和生活有一些理解和体会，不至于变成一个个只会读书的书呆子，那才是这些盆栽最完美的功德。值得庆幸的是，同学们似乎都能理解我的良苦用心，很喜欢这些盆栽，而且照顾得极其仔细，从不会让盆栽里缺水。

时光在琐碎中一天天过去，从不留下任何一丝痕迹。这些盆栽天天在我的眼皮子底下，一寸寸地生长，记录着无味的岁月。或许是因了天天见面的缘故，我总觉得这些盆栽几乎没什么变化，该绿绿着，该长长着，该垂垂着，就连摆放的位置，也未移动分毫。

渐渐地，我的眼里便不再有这些盆栽，有时甚至竟忘却了其存在，就算天天看见，也无动于衷。相对而言，我的学生显然比我做得更好，他们依旧照料着这些盆栽，看书累时，便离开座位来到盆栽前，默默地看着这些盆栽，似乎在吸取某种能量。

直到有一天……

那天，我在校园里散步，不知不觉间竟来到了学校的花园，其时正值春天，花园里百花齐放，一派欣欣向荣。突然，我看见了几株似曾相识的花草，再仔细一看，竟是我教室盆栽里的其中两种花草：芦荟和兰草。忽然间，我竟产生了某种难以言说的亲切。

我俯身蹲下，仔细端详着花园里的芦荟和兰草，久久不愿离去。看着看着，我突然间像想到了什么一样，忽地一下站起来，朝着教室跑去。我来到教室后面的书架旁，看那几盆被我忽略已久的盆栽，越看越觉得存在着某种问题。

我打开窗户，端着盆栽，把盆栽放置于阳光下，翻来覆去地看，终于发现，跟花园里的同款花草相比，盆栽里的芦荟和兰草，其色泽和状态，确实不同于花园里的芦荟和兰草，呈现出某种轻微的病态。

那一刻，我突然间明白：任何一个生命，都有其存在的生长环境，而一旦脱离，即使被照顾得再好，也会偏离其正常的成长路线，出现一些问题；生命的源泉，不在禁锢，而在放开，不在温室，而在自然。

阳台

有一年寒假，我在某个县城给学生上课，课间休息的时候，我来到阳台上，看外面错错落落的房舍。这一片隶属老城区，房舍有些杂乱，横七竖八地插在金银山的山脚。离这片杂乱的房舍不远，有一块浅绿的坝子，一看就是某个学校的操场。操场周围，建有几栋不高的教学楼，呈环形排列。跟几栋教学楼紧邻着的，是一排低矮的平房，半嵌在金银山半山腰，看上去显得影影绰绰，不甚清晰，不知是个什么所在。

我问一个家住附近的学生，那学校是什么学校，那平房是什么平房。学生看了一眼，漫不经心地说，那学校是金银山小学，那排平房是县殡仪馆。说完，便同其他同学玩耍去了，平常得就像什么事都没发生一样。当然，于他而言，也确实什么事都没发生，只不过回答了一个在他看来不是问题的问题而已。但，学生的回答，却让我产生了一些不可遏制的悬想。

下午放学后，我带着满腹的疑虑，徒步来到金银山脚。一路上，全是在这个破旧的县城里求生的居民和他们摆在自家门口的小摊。金银山脚有一条环城公路，水泥路面坑坑洼洼，积水夹带着泥土，弄得整个路面全是泥浆，极其难走。一段路以后，我便来到了县殡仪馆门口。

跟我在阳台上看见的一样，殡仪馆由一排低矮的平房构成，平房前面，停满了各种各样来此奔丧的小车。我站在路口，看里面花圈满地，灵幡涌动，噼里啪啦的鞭炮声震耳欲聋。那一瞬间，我感觉到的竟不是死的庄严，而是生的喧嚣。我叹息一声，赶紧闭上眼，深吸一口气，缓缓地离开了殡仪馆。

我来到环城路路口，一眼便看见了紧邻殡仪馆的金银山小学，殡仪馆的前门正对着学校的后围墙。我正在纳闷，何以把小学建在殡仪馆门前，也不知当时的设计者哪股神经发作，竟有此等操作。此时，小学里铃声大作，一群群小学生蜂拥而出，有说有笑，蹦蹦跳跳地朝着前方的校门涌去。

看着这些天真的背影，我沉默良久，竟不知道该作何感想。我失魂落魄地在环城公路上走着，头痛欲裂，像着魔一样。过路的汽车喇叭的声音把我拉回了现实，我苦笑一声，继续沿路前行。此时，前面的路上走来两个放学的小孩，朝着我身后殡仪馆的方向。经过我身边的时候，我听见其中一个小孩说，我爷爷明天就要上山了，我今晚得守灵，另一个说，不要紧，后天我陪你去看金银山上的太阳。

我陪你去看金银山上的太阳!

我听得一震，两个孩子的对话仿佛把我从某种魔障中解脱了出来：一个意味着死亡，一个意味着新生；一个意味着过往，一个意味着未来；死亡的前方即新生，新生的背后即死亡，我们的生命，何尝不像我在阳台上看见的金银山脚的小学和殡仪馆，一前一后，在新生和死亡的轮回中，一步步走向未来。

放学路上

现在的小学门口，一到放学时间，就聚集着一群一群接孩子放学的家长，看见自家孩子一出来，便帮着拿东拿西，一股脑儿塞进车里，然后一脚油门便消失在城市的尽头，更有甚者，才从学校回来，又带着孩子来到各种课外辅导班，继续额外的功课，弄得孩子们苦不堪言。

我一直有一个明显的感受：和我们那时相比，现在的孩子，没有童年。

那时的我们，放学路上，是一个多么丰富多彩的词语，哪像现在，可能有很多小学生，连放学路上有些什么东西都不知道，于他们而言，放学路上，就是公交和地铁，抑或是各种牌子的小汽车。

从我四岁读幼儿园算起，直到小学毕业，我在放学路上，一直走了七年。

那时，从学校到我家，需要走上一个小时左右，其间会穿过一个古镇，路过一条大河，然后再走上 20 来分钟田间小路，便到了我家。现在回想起来，让一个四岁的幼儿园小孩，放学时一个人走那么远的路回家，其实还是挺危险的，毕竟路上有一条河和很多未知的危险，但，那时候家里穷，坡上有着永远都做不完的农活，哪里还有多余的时间来顾得上接孩子呢，况且，那时家家户户的小孩都是这样，也没觉得有何不妥。

到了小学时，放学路上就热闹了，一群一群的小孩，结伴而行，磨磨蹭蹭，一路玩一路走，往往回到家里，天都擦黑了。到现在回想起来，我都有一种莫名的激动。

下午的下课铃声一响，我们便蜂拥而出，聚集在校门口。校门口有附近的居民摆的各种杂货铺，说是杂货铺其实不太准确，应该说是杂货摊，有的摆在地上，有的用几个凳子搭个临时的架子，架子上放上一个簸箕，那些小东西便摆放在簸箕里，供孩子们挑选。卖的东西也多种多样，有苞谷粑麦粑汽汽糕，有冰棍、汽水、车车糖，当然还有小女孩们特别喜欢的各种贴贴纸，贴贴纸上有明星照片、动漫形象、山水风景，可以撕下来贴到书上和各种本子上，花花绿绿的，很好看。

当然，对于我们男孩子来说，放学路上有趣的事则更多了，多得说都说不完。

在我们学校不远处，有一个不知何故才新修不久便废弃的电影院，电影院底下，是一些呈网格状的地下通道，堆满了废弃的杂物。我们一到放学，便喜欢去钻这些地下通道，捉迷藏上厕所分组打战，弄得满头满脑都是汗。那时，也不嫌脏，灰尘泥土屎尿臭等，完全阻挡不了我们玩耍的兴致。我们在满是灰尘的地下通道里疯跑，像风一样自由。不时，会传来一两声哭喊声，不用说，定是哪个小孩在疯跑的过程中摔了一跤，抑或是不注意，脑袋撞到了低矮的墙上，疼的，但不要紧，哭喊声一会儿就变成了笑声了。

镇子中央的菜市场附近，有一家录像厅，经常会放一些功夫片，而且故意把声音放得很大，用以招揽顾客。我们放学路过的时候，听着里面传来的乒乒乓乓的声音，便走不动路了，但又没钱买票，便磨皮擦痒地来到影厅门口的布帘子边，偷偷地往里看。个子矮的蹲下面，个子高的扶着下面的肩，把脑袋凑上来，一个一个，像叠罗汉一样叠成一排，在布帘子窄窄的缝隙里，看那些侠客的刀光剑影和飞檐走壁。当然，这样的好景往往不会太长，卖票的一旦发现有风吹草动，便会过来赶人，我们便带着极度的不舍，无可奈何地走开。

有时，我们也会聚集在街边店铺的门前看店主播放的电视，不管是广告还是武打片，我们都看得津津有味。我记得很清楚，由李连杰主演的《南北少林》，我便是在一家店铺前的电视机里看的。那时，也不知道累，哪像现在，才在图书馆里坐上半天，便腰酸背痛。和录像厅老板不同，店铺的店家一般不会赶我们走，虽然我们把店铺围得水泄不通，已经严重阻碍了店家做生意，店家也不生气，只是无奈地笑笑。看完电视的我们，总是被里面的动作弄得热血翻涌，于是，我们便会找一块空地，分作两派，你来我往，打得热闹非凡，同时，我们还会配音，嘴里霍霍有声。

龙泉井旁边，是镇上著名的王家大院，院子原是孙中山秘书王勃山的宅院，已废弃多时。院子很宽阔，很适合我们玩耍，我们在院子的地板上扇豆腐干，在院子里废弃的桌椅上做作业，做完作业便去翻墙，翻院子里那些残破的墙。那时不像现在，也没什么文物保护意识，院子里的一切，都是我们玩耍的对象，我们在院子里飞檐走壁。现在不行了，王家大院被当作文物保护起来了，不能随便进出。有一次，我们在院子里发现了一个很高很宽阔的水泥平台，便决定翻上去玩，我们把书本往水泥平台上一扔，便后退几步助跑翻墙，等我们翻上去一看，顿时傻了眼，哪里是什么平台啊，原来是一个水泥砌成的大水池，我们的书本全在水池里泡着，后来晒了好几天才晒干。

夏天的时候，我们也会下到湄苏河里去游泳，洗净一身的疲惫再回家。湄苏河穿镇而过，在状元桥那里拦截了一个大坝，河水倾泻而下，形成一个十几米高的瀑布，很是壮观。湄苏河把镇子分成两半，河东是龙东乡，河西是龙潭古镇，我家就住在龙东乡。因而，湄苏河算得上是我回家所必经的地方。状元桥架设在湄苏河上，是一座古老的石拱桥，很有些年份了，历经岁月的风吹雨打，饱经沧桑。那时节，镇上的人们都很喜欢到湄苏河里去游泳，而且，大多赤裸着身子，也不知道害羞。尤其是遇到赶场天的时候，状元桥上人来人往，状元桥下赤身裸体，然而，双方互不干涉，你赶你的场，我洗我的澡。更有甚者，一些人赶场累了，便趴在状元桥上往下看，看桥下那些赤身裸体洗澡的人，而洗澡的人呢，明知桥上有人看，也毫不在乎，依然洗得不亦乐乎。

滚铁环，也是我们放学路上的一个重要节目，一个直径几十厘米的圆圆的铁环，一根底部带钩的长长的小铁棍，便成了我们放学路上的一切。一路上，铁环在泥土和碎石子铺就的路上滚得尘土飞扬，而我们则跟在飞奔的铁环后面跑得精神抖擞。宁静的乡村小路，一群放学的孩子，几个滚动的铁环，一连串丁零零的金属相碰的清脆的响声，便构成了我们那幅难忘的顽童返家图。有铁环，必得有铁匠铺，在我回家的路上，便有一个铁匠铺。铁匠铺很小，就是在一棵香樟树下随便搭个偏厦，配上一个风箱一个泥窝一个铁砧一个装满凉水的水缸即可。学徒坐在风箱前，一前一后地拉着风箱，泥窝里的火苗，随着风箱的抽动，向上跳跃着，发出红红的光。铁匠师傅站在铁砧前，一手拿锤，一手用铁钳夹着红得刺眼的铁块，抡圆了胳膊，一锤一锤，锻造着人生。

我家的老屋

我家的老屋是那种木质结构房屋，建于20世纪中叶，距今已有60多年历史了。

老屋坐北朝南，东西两头很长，约有30米的距离。老屋的中间是堂屋，里面供奉有祖宗牌位，在我小时候，堂屋没装门，除了一根门槛外，全是空的，泥土地面，用来堆放稻草和木柴等杂物。后来，家里稍微有了点余钱，便请来木匠师傅装了一扇六合门，门窗上雕花的那种。堂屋的两边是卧室，东边原是爷爷奶奶的卧室，爷爷奶奶去世后，现在变成了我的卧室，现在寒暑假回老家，我便住在这个卧室里。我在想，这算不算一种别样的传承？西边有两间卧室，紧挨堂屋的那间，里面放置有一张做工极其精细的雕花木质六柱床，床顶有架子，架有一根两头各有一个木盒的长长的横梁，可以用来放一些小东西。床前有两个成直角的床栏，睡觉时用来挂置衣服，床前顶有镂空的装饰，底下有一块长长的踏板，本用来放鞋，但我记得小时候，我常常喜欢睡在这个踏板上，觉得比睡里面的床更有趣。

有一次，城里的几个朋友来到我家，看见这个雕花木床，开玩笑说，你们竟天天睡在这价值不菲的古董上，羡慕得紧呐。其实，哪里算得上什么古董，那时，这就是一张普通的木床而已，只不过现在社会现代化程度高了，以至于这种木质的手工的东西便显得“古董”了。

雕花古床卧室的隔壁，也是一间卧室，以前是姑姑们住，后来姑姑们都出门去了远方，很少回来，现在便布置成了电脑房和书房。很早的时候，这间房的房顶没有铺设楼板，只是用一些稀稀拉拉的小竹棍外加一些废弃的硬纸板摆在上面充当楼板，夏天的时候，抬头一看，会不时发现一两条蛇正吊挂在上面乘凉，吓出一身冷汗。更有甚者，因我们那时铺床用的是晒干的稻草，再在稻草上铺上棉絮，待到晴天更换新的稻草时，竟会在稻草里发现很早前便蜕完的蛇皮，那种感觉，至今无法形容。

这间卧室里，悬挂有两幅水彩画，两幅都是松鹤山水图，一幅用木框装饰后，横挂在书桌上方，外层嵌有玻璃，里层由不知什么材质的画板做成，这样一内一外，玻璃上的松鹤便和画板上的山水构成了一个整体，看着极有层次感；另一幅竖着悬挂在书桌右侧的板壁上，未加装饰，画的右上角，题有“松鹤延龄”的字样，画的两侧，配有一副对联，联曰“春满乾坤来瑞鹤，花开锦绣照青松”，因字迹比较潦草，我用了很多年才认出来。

这两幅画都是一个叫彭作召的师傅画的，彭师傅家住湖南龙山，是一位民间画师，画画得极好，在我们那一带很有些声名，若有需要，便托请上门作画，待若上宾，彭师傅便住在雇主家作画，一画好几天，直到画作完成才告辞离去。彭师傅在我家作画时，我还很小，天天趴在旁边看他作画，看得极其认真，偶尔还会评说几句，此举得到了彭师傅的高度赞扬，曾预言说我天资聪颖，将来必有出息。那个年月，信息很不方便，既没什么手机，也没什么微信，彭师傅离开后，我便再也没有了他的消息。而且，彭师傅也是我见过的最后一个民间画师，从那以后，就再也没有见过。

老屋的西边是厨房，厨房的角落里堆满了柴火，当然，那里面也有我起早贪黑从山里面砍回来的。厨房前门外，有一个厕所，厕所面向东方，蹲在里面，可以看见巍峨的白岩。老屋的屋顶上盖的是镇上产的黑瓦片，夜雨刚来的时候，落在上面“噼噼啪啪”像爆小米花。屋前是一个院子，院子里有一棵梧桐树和一棵香樟树，屋后也是一个院子，当然，还有一大片橘子林。那片橘子林简直就是我小时候的天堂，一到橘子成熟时，满树的橘子挂在枝头，把树枝都压得掉到了地上，任由我摘下来，津津有味地尝个够。到得晚间，爷爷便睡在橘子林里铺就的临时床铺上，守着成熟的橘子，防止别人来偷偷地采摘。有时，我也会来到橘子林里睡上一会儿，尤其是月明星稀的夜晚，睡在那里可以透过稀疏的叶子看见遥远的夜空，明月高悬，无数颗星星布满其间，美到极致。

屋前屋后的院子以前都是泥土地面，得经常打理，只要隔上一段时间不打理，便长满了杂草。曾经有几年，家里因要供我读书，便到龙潭街上租了个小门面做小生意，那段时间，老屋便空置起来。有一次，我曾听一个朋友说，他有天到我家来找我，看见屋前屋后的院子里都长满了杂草，屋门紧闭，便以为我们搬家了，前后看了一圈就离开了。

生命真是一个神奇的东西，同一个屋子，只要有人住，不管再怎么破旧，都充满着生气，就算不去刻意维护，几十年也不会倾塌，而一旦没人住，只要短短几个月，便会变得荒凉破败，该塌的塌，该破的破，几年时间，便面临着废弃的可能。

最近几年，由于城镇化建设，我家老屋附近搬来了很多住户，新建了许多楼房，楼房全用钢筋水泥砌成，高有几层，和城市里的房屋几无区别，呈现出现代化的特征，以至于现在整个寨子里，只有我家老屋是木质结构房屋，低矮破落，隐藏在一片一片的高楼中。

我在想，面对此刻的场景，我家的老屋该如何突围，才能在此更好地生存？

这，无疑是个严峻的问题。

长安落日

我一直觉得，同是那个太阳，落日比朝阳更有诗意。

在长安，我没看见过朝阳，头脑中所有对朝阳的想象，全都来自故乡——赵庄。

我在故乡看了几十年的朝阳。故乡院子的东边，是巍峨的白岩，白岩前面，是连绵的群山，高高低低，一层一层，白岩像一条侧卧的巨龙，盘踞在群山的后方。从院子里看去，白岩刚好夹在眼前的两座山中间，加上更远一些高低起伏的群山，耸立在白岩脚，看上去极富层次感。清晨，一轮红日冲破层层雾霭，从白岩顶上跃然而出，放射出万道红光，整个寨子便沐浴在一片霞光中。远远望去，白岩托着一个赤红的圆盘，驱散弥漫的雾气，照耀着前面的群山和整个寨子，像极了一幅水墨山水。

那是乡村的朝阳，城市没有朝阳。或许是城市里的我们生活太过紧张，无暇顾及朝阳；也或许是城市上空的尘雾太过浓厚，朝阳无法驱散；抑或许是城市里的高楼太过密集，千篇一律，使得朝阳也失去了存在感，永远呈现出一个样：不就是无数个楼顶上有个太阳吗，有什么稀奇的？

朝阳，一旦失去了朝气，还是朝阳吗？

朝阳不是朝阳，但，落日却依然是那个落日。不管在城市和乡村，落日都那么具有诗意，尤其是长安落日。

故乡的落日很美，但带给我的，却更多是一种难以言说的乡愁。傍晚时分，太阳缓缓西沉，在湄苏河西边的乌家坡上空徘徊，晚霞笼罩着寨子，田间小路上走着晚归的农夫和返家的孩子，成片的禾苗在夕阳下发出金黄金黄的光，孕育着丰收的希望。

校园落日很有涵养，充满着某种文化的隐喻。校园里，有成片成片的树林，落叶稀疏，夕阳穿透傍晚的昏暗，在树林间若隐若现，和远处的仿古式教学楼相映成趣，映照着三三两两前行的背影。落日沐浴着晚霞，阁楼伫立着书生，像极了一首优美的唐诗。

山岗的落日带着某种悲壮和决绝，眼看着明明距离山岗很远，但不一会儿，便横在了山岗，倏忽间，便急速下沉，像一块掉落悬崖的巨石，瞬间便消失得无影无踪。空留下高高的山岗，失魂落魄地横亘于此，于黑暗中等待着黎明的到来。

只不过，这一切，都不及长安落日。

一个春日午后，我来到长安郊区的一个城市公园，公园里很幽静，有山有水有田有湖有房舍，在这个喧闹的城市里，显得很别致。不知何故，公园里市民很少，显得极其空旷，我漫步其间，很有一种宛若隔世的感觉。

不知不觉间，太阳渐渐落了，我正在一个小山坡上遥望天宇。北方的天空很高，很辽阔，其间飘浮着一片片稀薄的云。山坡上，有一条石板铺就的小路，蜿蜒向上，小路尽头，是一根耸立的电线杆和几棵小树，远远望去，竟和遥远的天宇连成一片，在夕阳的余晖下构成一幅绝美的画面。

我来到小山坡顶，眼前的一幕，让我感动不已。落日由灰白渐渐变得暗黄，把附近的天空照得黄白相间，向前延伸着，远处城市的高楼，在夕阳的照耀下，显得影影绰绰，带着某种寂寞的味道。夕阳一点点下沉，缓缓地，带着几分不舍，似乎正积聚着所有残存的能量，要把这天空和尘世，变得余韵悠长。山坡下的湖面，几只小船漂荡其间，在跳动的波光中，显现出某种古朴的诗意，真可谓：湖面倒影映夕阳，浩渺天宇尽清辉。

瞬间，一股暖流冲袭着我，让我摇摇欲坠，我知道，那是长安落日带给我的。

一直以来，我都不明白，比起朝阳来，我凭什么更喜欢落日。直到这一刻，我才在长安落日中明白：落日，是迟暮的朝阳，在那融融的暖意中，有一种岁月的沧桑。

校园果事

我所就读的学校里有很多果树，桃树杏树石榴树，李树柿树枇杷树，完全可以称得上一个巨大的“果园”。当然，校园里除了果树外，还有很多花，梨花桂花栀子花，樱花月季玉兰花，一年四季花果飘香，环境可谓十分幽雅。

学校出于保护花果的目的，在校园里的果树上都挂满了木制的牌子：校园果实，禁止采摘。我们学校是一所师范校，学生多是未来的教师，常秉持着“师范”的标准，极其听话，极少违抗某种既定的“规范”。所以，一到果实成熟的时节，我们便眼睁睁地看着那些极具诱惑的果实挂满枝头，由成熟到枯萎，由枯萎到掉落，再由掉落到腐烂，最后零落成泥。当然，也有某些不怎么“听话”的学生，总会找准一切机会，向那些果实发起“进攻”，在一个个周围无影的白天和月黑风高的夜里，凯旋而归。

趁着夜色，我们像敌后作战一样钻进桃树林，摘下那一个个看着鲜艳欲滴的桃子，装进事先准备好的塑料口袋里，然后用脱下的衣服或背上的书包作掩护，钻出桃树林，走得从容不迫。校园里的桃子虽然没有在水果店里买的味道正宗，总有一股子青涩味，非得在宿舍里放上几天，味道才会变得不错，然而，不知怎的，和那些买来的桃子相比，我们还是觉得，从校园里摘来的桃子，往往更有味道，一种青春的味道，在那种熟悉的味道里，能够找到我们很多年前早已失落的往事。

图书馆南门外的枇杷，也是我们记挂的对象，看书累了，路过枇杷树时，看那枇杷树上挂满橙黄的枇杷，一颗颗一束束，把那枇杷树压得弯腰驼背，真想立刻奋勇上前，解救枇杷树于艰难困苦中。枇杷味道鲜美，摘下即可立即食用，那些低矮处的枇杷，早已被路过的我们伸手摘取，剥开放进嘴里，品尝得津津有味。稍高处的枇杷，我们借助竹竿等工具，也能够着一些，但树梢的枇杷，我们就望尘莫及了，只能眼睁睁看着，除了吞吞口水外，别无他法。

小树林里的柿子，我们从来不要，柿子树太高，无论如何都够不着，而且，才摘下来的柿子是涩的，无法下咽，须得用罐子捂上一段时间，才能食用，摘来无甚意思。有时，我们路过小树林，看着满树的柿子，也曾偶有想法，便用力摇晃着柿子树，捡起掉下来的一两个柿子，才咬得一口，便涩得赶紧丢掉。

致知楼前的石榴，虽然近在咫尺，唾手可得，但我们也几乎不会下手。一方面石榴太小，一看就属于那种华而不实的，另一方面，我们拿不准石榴成熟的时间，等到估摸着成熟时，却又已经掉落于地，错过了最佳采摘时机，故而，我们总能看见致知楼前的石榴树下，掉满了大大小小的石榴，在一天天时光的流逝中，最终化成了泥土。

有一段时间，我穿梭于校园，发现那些果树下全都掉满了果实，桃子枇杷柿子石榴，落得满地都是，它们寂寞而无助地躺在地上，看着来来往往的学子，满眼绝望。几天过去了，十几天过去了，一个月过去了，当我再去看那些掉落的果实时，发现它们全都不见了，就算偶尔看见，也只剩下一些不忍直视的残渣罢了。

那一刻，我竟有种莫名的伤感：任何一个生命，都有其完整的过程和该有的价值，比如蒲公英，遇到风吹，就应该四面飞散，落地生根；比如青蒿，从出生时起，就背负着治病的使命；比如稻谷，变成粮食延续生命，便是它的最终归宿；比如金银花，总会面临捣碎和煎熬的那一天……

我在想，这才是完整的生命，从出生到死亡，少了任何一个环节，生命都是残缺的，就像校园里的这些果实一样，现在被强制着不准采摘，从而只能自生自灭，化归尘土，寂寞地面对着死亡，带着看似完整的生命离开这个尘世，于生命而言，到底是幸，抑或是不幸？

跳水坑

很多小孩都喜欢跳水坑，左左、右右也不例外，走在路上的时候，看见一个个大大小小的水坑，也不管水坑里面的水脏和不脏，总是想方设法地跑过去，然后跳进水坑里踩水，踩得兴高采烈，在笑声中把鞋子和裤腿弄得透湿。

往往这个时候，我便会和大多数家长一样，对此进行制止，而说法也千篇一律：不要把身上弄脏了；才换的衣服，不要弄湿了；别去踩水，不然容易感冒。而后，左左、右右便会在我的强制干涉下，依依不舍地从水坑里出来，然后一步三回头地看着那个充满诱惑的水坑。

我从来没有意识到我这样做有什么问题，直到有一天……

那天，我带着左左、右右外出游玩，临近黄昏的时候，天空竟然下起了雨。不得已，我们便来到路边的一处屋檐下躲雨。我们站在屋檐脚，看外面的雨飘飘洒洒，不一会儿，屋檐下便流下了雨滴，像一排排细线。左左、右右问我："爸爸，这雨好久能停啊，我们想回家。"我说："爸爸也不知道，再等等吧，等雨小点了，我们就回去。"而后，左左、右右便蹲到地上玩石子去了。我焦急地看着外面，嘴里默念着，希望这雨能早点儿停下来，我好带着孩子们回家。

可是这雨好像故意跟我作对似的，丝毫没有停下来的意思。不一会儿，路面上的凹陷处便形成了深浅不一的水坑，有的比较清澈，而有的，则混合了雨水和泥水，显得浑浊不堪。要是在平时，左左、右右假若看见了这样的水坑，早就飞奔过去踩水去了，但现在，外面下着雨，出去不了，故而只能继续蹲在地上百无聊赖地玩石子。

突然，我看见了前面不远处一大一小两个身影冲了出去，冲向了雨中，冲向了雨中的水坑。那是一个年轻的妈妈和年幼的儿子，她们在雨中笑着闹着，在水坑里踩着跳着，落下的雨水和溅起的泥水瞬间便把两个人身上弄得又湿又脏，但这似乎并没有影响他们分毫，他们张开双臂挥舞，任凭雨点击打在身上，他们在泥水坑里放肆地蹦跶，任凭溅起的泥水沾满衣服。那发自肺腑的清澈的笑声，穿过雨幕，一声声落在我的灵魂深处，使我震颤。

那一刻，我竟被这一幕感动了，呆呆地看着在雨中跳跃的一大一小两个身影，那么充满灵气，那么天真无邪，像两只翩翩起舞的蝴蝶，飞舞在尘世间。渐渐地，我的视线模糊了，我分不清那些顺流而下的，到底是雨水，还是我的泪水。

我看了看蹲在屋檐脚玩石子的左左、右右，充满了内疚。

是啊，我们欠孩子们太多了，我们总是按照成年社会里那些所谓的“规矩”，去限制孩子们的自由，控制孩子们的成长，却从来没有真正替孩子们想过，正是我们的禁锢，剥夺了孩子们的童真，压制了孩子们的灵魂，阻碍了孩子们的飞翔。这，何其残忍。

真诚地希望，我们都能做一个能带着孩子跳水坑的家长。

左左的眼泪

放寒假的时候，我常带左左、右右回龙潭老家玩。

我始终觉得，相比于城市，乡村的寒假，其实更像寒假。于小孩子来说，没有什么比自由更重要。而乡村，即意味着自由。无拘无束的自由。

左左、右右今年两岁半，第三次寒假期间回龙潭老家。

龙潭有宽阔的田野，有小小的溪流，有绵延的群山，有美丽的落日，有古色古香的石板街，还有我的过去和孩子们的未来。从根本上来说，左左、右右是乡村的孩子。

早上，迎着朝阳，左左、右右到烈士陵园的山脚去看露珠；午后，吹着微风，左左、右右到屋后的田野上去踩着脚步；傍晚，披着晚霞，左左、右右到赵庄广场上去释放童年。

乡村的一天，即这么完成。

闲暇时，我会带左左、右右去山里玩，去捡松果，去摘野花，去敲石头，去呼吸山里的新鲜空气。山里，藏着小孩子的灵气，生命的灵气。龙潭，有山有水，山曰乌家坡，水曰湄苏河。有山有水的地方，就有灵气。这是自然的赐予，城市里没有。

我愿意左左、右右在自然中自由自在地生长。

当然，这是理想的愿景，然而，理想总是被现实所打破。有一天，我开着车带左左、右右到街上去玩，中途，我看见街边有人在卖角角粑，便叫妻子下车去买。那是一种小时候的味道，更是一种乡村美味，把蒸煮好了的豆豉用黏稠的糯米浆包裹在里面，捏合成一个半椭圆形的形状，然后再放到油锅里去煎，任由翻滚的清油裹满全身，直至熟透。要是趁热咬上一口，那感觉，又香又糯又甜又咸，简直不摆了，回味无穷。

妻子下车去买角角粑的时候，左左、右右便自然留在了车上。

此时，左左在后排对我说，爸爸，我想到前面来坐。我说，不行，小孩子不能坐前面，很危险。左左便不高兴，硬要来。我拗不过，便同意了。于是，左左便从后排爬到了副驾驶位上，高兴地玩着。看见左左上前来了，右右便不干了，也想上前来，这下就弄得我很无奈了。不同意吧，有点厚此薄彼，对右右不公平；同意吧，副驾驶又小，容易产生摩擦，很难保证两个孩子不打架，而一旦打起架来，我便奈何不得了。

于是，我便跟右右先说好，叫两个不许打架，不然就不许上前来。当然，右右很干脆地答应了。然而，我却忽略了一点，小孩子的话根本就不可信。当右右来到副驾驶才不到两分钟，左左便开始了维护其先到的权利，对右右一阵推打，弄得右右哭个不停，不一会儿，两个便在副驾驶上打起架来了。

因左左先动手，我便招呼左左，说不准打妹妹，但此时，小孩子哪里可能听我的嘛，我越说打得越厉害。说了几次以后，根本没有任何效果，我便有点生气了，不知不觉间便加大了声音，近似于怒吼了。或许，我的怒吼吓到了左左，我看见左左在茫然中停了手，一个人呆呆地坐在那里，一动不动，而眼里却流出了两行泪水。

那一刻，我竟呆住了：一个才两岁半的孩子，便知道了沉默的委屈，茫然若失地流泪。

我不知道该怎么去安慰孩子，只能任凭眼泪在左左脸上肆意地流淌。

虽然这件事已经过去接近两年时间了，然而，直到今天，我都没法原谅我对待孩子的粗暴和野蛮。平日里，我总说着要给孩子以宽容，不要简单粗暴地对待孩子，不然会影响孩子的健康成长，但我却失信了，用自己粗暴的语言，生生让一个才两岁半的孩子，流下了跟年龄极不相称的沉默的眼泪。

我在想，那天在副驾驶上，左左所流的两行沉默的眼泪，都将是我未来的疼痛和警示，时刻提醒着我：不要随意责骂孩子，有时，真的会毁掉一个孩子美好的未来。

第三辑 时光·途

巴罗寨

我的村，我的寨，我那绵绵不绝的乡愁！

——题记

这辈子，我是注定走不出巴罗寨的。

于我而言，“巴罗寨”三个字代表的不再仅仅是一个地理名词，抑或是一个什么符号，而是我那早已流逝的青春岁月，和永远都无法逃离的——故乡。

故乡——

一个拒绝赋予其任何新意的词语，一个单纯得只要一提起就会泪流满面的词语。

童年？岁月？遥远而模糊的山峦？袅袅升起的炊烟？浅缓起伏的田野？几人合抱的香樟树？参差错落的木屋？还是那濒临消失的“鸭子龙”？

这些是故乡吗？

是，然而又不是。说到底，故乡其实只是一种牵挂，一种意念，一种落叶归根的家园情怀，和那份安土重迁的故土意识。

这些年来，我也到过不少村寨。有的风景如画，美得宛如人间仙境；有的历史悠久，厚重得如一本蒙尘的古书；有的衰败破旧，荒芜得像一截枯干的树桩；还有的时尚现代，繁华得早已丢掉了村寨的本来面目……

然而，行走在这些村寨中时，我体会更多的是一种欣赏，一种观望，一种无法言喻的疏离感弥漫全身——毕竟，那不是我的故乡！

往往在这个时候，我总会无端地想起：枯藤老树昏鸦，小桥流水人家……

是的，这才是我的故乡。

一个不大不小的寨子，斜躺在山脚，一条蜿蜒曲折的小溪，紧挨着寨子向南而去，十几户人家，被碧绿的稻田隔开，零星散落在寨子里，稀疏而错落。寨子东边，是巍峨的白岩，清晨，随着清脆嘹亮的鸡鸣，朝阳从白岩顶上冲破雾霭，跃然而出，放射出万道霞光，整个寨子便沐浴在一片灿烂辉煌之中。几个农夫模样的人便扛着锄头背着背篓，迎着霞光开始了一天的劳作。寨子西边，是连绵起伏的乌家坡，黄昏时分，夕阳缓缓西沉，整个寨子便笼罩在一片无边无际的暗红之中，优雅而安详。几个垂暮的老者，搬一张躺椅，于自家院坝里斜躺着，在夕阳的余晖中，吧嗒吧嗒地抽着旱烟，那柔和而缥缈的烟雾，连同屋顶的炊烟一道，缠绕着逐渐消失在灰暗的半空里。

这个寨子，唤作巴罗寨，是我永远都走不出的故乡！

我不知道巴罗寨的来历，从我出生开始，它便叫作巴罗寨了。或许，村里的祖辈们知道，或许，他们也不知道，但这似乎并不重要了。

巴罗寨！巴罗寨！

好一个美丽动听而又透着神秘的名字。

不知不觉，我离开巴罗寨已经十几年了，在这些漂泊不定的岁月里，巴罗寨总是会时不时地出现在我意识的最深处，影子一般，怎么都挥之不去。

我至今仍清晰地记得寨子里的那棵香樟树。

香樟树很大，需几人才能合围，树干盘曲而上，散出数十乃至数百枝干，可谓枝繁叶茂，形成一个巨大的浓荫。由于年岁久远，树皮已然有些龟裂，粗糙得如岁月般沧桑。香樟树年复一年站在那里，荫庇着一代又一代的巴罗寨人民。

我的童年时期便是在香樟树脚度过的。

那时节，我在寨子里的小学念书，因为没有什么娱乐活动，那棵香樟树便成了我们的天堂。下课了，一群小孩儿便疯了一般扑向香樟树，一片浓荫下顿时热闹起来，跳绳的扇“豆腐干”的“斗鸡”的“挤油渣”的以至爬树的，乱得像河滩里的石头。上课铃敲响时，我们带着满头满脑的汗水，冲向破旧的教室，一阵咿哩哇啦声响起，便开始了连我们自己都听不懂的朗读。

我不知道那棵香樟树现在怎样，是否又苍老了一些，是否又有另一群当年的我们在那里疯闹。但我坚信，这棵香樟树一定会和巴罗寨一起，延续着生命的血脉。

当然，说起巴罗寨，有一个话题是怎么都绕不开的，那便是“鸭子龙”。从某种程度上来说，“鸭子龙”其实就是巴罗寨的象征，只要一提起巴罗寨，人们便会想到“鸭子龙”。

这还得从我们那里的风俗说起。

在我们那儿，过年是要舞龙灯的，从正月初一开始，各村各寨都要扎龙灯，然后去到附近的村寨里舞，意即接年拜年，恭祝人们来年幸福安康和诸事顺利。舞龙灯一直会持续到正月十五晚上，意即送年，往往会在正月十五元宵节之后，再把龙灯烧毁，意喻辞旧迎新，红红火火开始新的一年。

这半个月可谓是各村各寨最为热闹的时候了，村民们走村串户，家家户户锣鼓声声鞭炮阵阵，舞龙灯的划彩龙船的你来我往，大人小孩穿梭一般，处处洋溢着幸福的笑声。这时节，小孩子们最为兴奋，不仅可以得到数目不菲的压岁钱，还可以肆无忌惮地玩，尤其是在舞龙灯的时候，看龙灯抢鞭炮，运气好时，还能跟在大人屁股后头，举个鱼呀虾呀什么的，简直意气风发，一路走得神采飞扬。

我们巴罗寨的龙灯便是“鸭子龙”。

春节刚过，大人们便忙碌开来。花篾条捆骨架扎灯笼糊彩纸，一通侍弄，一条活灵活现的“鸭子龙”便出现在眼前。顾名思义，“鸭子龙”形如鸭子，龙头呈鸭头模样，龙尾亦即鸭尾，只有龙身，和其他龙种一样，长十几米，由一截一截的篾条加彩带穿连而成，由十几个壮汉手持木棒举着，舞动起来迅如流星赶月，似一团翻滚的烈焰，在苍茫的大地上左奔右突，壮观异常。

巴罗寨的人们就这样带着他们的“鸭子龙”在各个村寨舞来舞去，直到元宵节过后，再一把火烧掉。巴罗寨的人们是舍不得烧掉“鸭子龙”的，他们举着“鸭子龙”来到河边准备点火的时候，神情异常肃穆，口中念念有词，在火光腾起的那一刻，每个人的脸上都挂满一串一串的泪珠，宛如夜空中的星星，清澈而透亮。火光冲天而起，“鸭子龙”瞬间便消失得无影无踪，但人们却分明看到，滚滚浓烟中，似乎到处都是“鸭子龙”那不散的灵魂。

这才是巴罗寨，以及巴罗寨的“年”。

不知从何时起，巴罗寨已经不再是巴罗寨了。稻田荒芜了，炊烟飘散了，房舍垮塌了，就连那象征着巴罗寨之魂的“鸭子龙”，也早已不见了踪影。

多少个夜里，我都曾面向东南，想再看一眼巴罗寨；多少次梦里，我都曾魂归故乡，想再次走进巴罗寨。但，我却深深地失望了。

如今，我只能站在高高的楼顶，面向遥远的苍穹，用我的灵魂呼唤：

巴罗寨！我梦中的巴罗寨啊！

古镇随感

从酉阳县城出发，寂寞而弯曲的公路无休止地延长，所有的一切都沉没在一片苍凉之中。车过山黛沟的时候，眼前总是飘荡着一些往事。我赶紧闭上眼睛，但是我错了：闭上的也仅仅是眼睛而已，往事是闭不住的。

不久，外面竟下起了雨。雨幕在遥远的地平线上织成一道灰色的墙。我看见几个农夫模样的人扛着锄头从不远处的苞谷林里钻了出来，在雨中狂奔着，溅起一地泥水。雨点从远处漫延过来，不一会儿就到了眼前，把公路边那条清澈的小河砸得坑坑洼洼。汽车喇叭的声音在空旷的田野上走了好久……

看着外面熟悉的风景，我知道，不一会儿就要到达龙潭古镇了。

龙潭古镇，好有悠久历史的龙潭古镇。迁建于清朝乾隆元年的古镇，至今仍保存有距今已两百多年的石板老街四合院封火墙等具有独特风格的建筑。在外漂泊了多少个日日夜夜之后，终于又回到了那个魂牵梦萦的古老小镇。越是熟悉的东西越容易忽略，从来没有认认真真地看过这片把我养大的古老的土地。

在我的印象里，龙潭是错错落落层峦叠嶂波动起伏的群山，是悠悠缓缓蜿蜒盘旋雾霭氤氲的河水，是曲曲折折尘土轻扬的盘山公路，是一块块青苔斑斑的石砖，是一棵棵低低矮矮的小树，是壮如山的土家放排汉子，是水灵灵的土家采茶姑娘，是调皮顽劣的小孩，是经历岁月磨炼和风霜洗礼的风尘老人，是双眼已盲的算命先生的二胡，凄美哀怨，声声入肺入肠。

道路两边连绵不断的群山，此刻在雨中显得影影绰绰，向远方不断地延伸着，似乎在它身上承载着古镇儿女的无尽希望。龙潭河穿镇而过，一群女孩儿斜挎着竹篮去洗衣服了，她们沿着手风琴键似的石阶来到河边，这石阶有些旧了，大概是沾染了人间的烟尘，路旁有些许枯黄的杂草，在明媚的阳光下微微点着头，这些女孩儿踏着古典的石阶，像是踏着一首多情的土家民谣。那梆梆的捣衣声一阵一阵地敲击在我的心坎上，显得悠长悠长。

镇上的房屋多是古老的木结构房屋，历经几百年的风吹雨打，带着遥远的历史气息参差错落地散栖在河的两岸。徜徉于镇上的青石小路，能够清晰地聆听到过往岁月的沉重叹息。镇上的人们住在幢幢古老别致的土家吊脚楼里，这些勤劳善良纯朴的土家人，有裹着小脚，踩着碎步轻移的老太太，有躺在竹椅上，轻声哼唱山歌的老大爷。吊脚楼外有方方正正的葡萄架，四周是尖尖的篱笆，灰色的木桩葡萄架井然有序，阳光透过枝叶的缝隙斑斑点点地布满棕色的土地。那些紫黑的葡萄颗粒真是圆润如珠，葡萄的香味飘满整个院落，穿透篱笆，沁润着清澈的河水。

伴随着这醉人的香味，我的脑海里出现了一幅画面：一个青春时尚的女孩儿站在河边，一个衣着朴素的女孩儿蹲在这个女孩儿的脚边，用刷子蘸着清澈的河水认真地刷着那位青春时尚女孩儿的鞋子。那是去年的清明节，我和几位朋友去古镇游玩，来到龙潭河边的时候，发现鞋子上沾满了泥巴，于是准备在河水里清洗，却苦于找不到工具，这时，刚好一个女孩儿背着背篓到河边来洗衣服了，我的那位朋友便过去找这个女孩儿借刷子。我站在远处看着她们，不知道她们之间说了些什么，但我却分明看到那位朴素的姑娘正在用她刷衣服的刷子认真地刷着我那位朋友的鞋子。那一刻，我分明感觉到了一种久违的温馨和感动。

正当我在青石板街回首往事的时候，突然一群穿着时髦的女孩子出现在了古镇幽静的小路上，看样子是刚从外面的世界回乡的人。她们闹着跳着笑着，无拘无束，拉得直直的披肩长发在微风中摇曳着，浑身上下都透露出一种现代的时尚的美。那是现代化大都市里的美，那是在这个古老的小镇上显得有点另类的美，那是一种青春时尚的美，那更是一种未来充满希望的美。

近年来，古镇上经常有一些外来的游客，他们背着相机，带走了古镇的质朴，更带来了外面的诱惑。一批批外来的人们贪婪地到此找寻那丢失已久的往昔，找寻那丢失已久的感动。于是，商铺在不知不觉中林立了起来，客栈在悄无声息中设置了起来，甚至连工厂也在人们的质疑声中建造了起来。印象深处的龙潭已经有了很大的变化，各种现代化的设施，各种琳琅满目的商品，各种穿着时尚的人们，这些只有在现代化的都市才有的东西如今在这偏远的小镇也都有了，而且显得那么自然而不另类。

此时，我更深切地感受到古镇厚重淳朴的古典美正在受着开放时尚的诱惑。我能够想象再过一些时日回来，龙潭也绝非再是单纯的蓝天白云绿草小溪，一定会有更加丰富多彩的故事在等待着古镇纯朴善良的人们。

古朴幽静的茶馆里面，几个老人在吸着烟袋。在烟雾缭绕之中，我似乎看见了岁月沧桑的脚步。在这里，我感受到了一种完全不同于外面世界的氛围，一种让人心境极度宁静的氛围，一种极易让人想起很久很久以前的往事的氛围。那些若隐若现的烟雾，烟雾里那些沧桑的笑脸，那些笑脸之下不知说着什么的话语，这一切的一切，都仿佛让我回到了那个久远的年代……于是，我忽然又羡慕起淳朴的古典美来。

苍凉的古道绵延于山路之中，驼铃声声由远及近，多少个日日夜夜艰难的行程，走弯了月又走圆了月，突然眼前出现一片宽阔的平地，人们惊呼起来，从此世世代代在此驻扎耕耘。古镇的人们在四面来风的广场之中，当着朗朗圆月，燃起堆堆篝火，跳起婀娜多姿的摆手舞，姑娘们捧出了玉液般的土家茶……

我一个人静静地躺在广场旁边的草地上凝视那遥远的夜空。淡蓝色的月光悄悄地爬上了山峦，在岑寂而静穆的眺望之中，优美的摆手舞曲陪伴着我。一种以前从未有过的体验在我心里暗暗滋长，我似乎听到有人隔着河道在呼唤我的名字，忽然之间，我觉得自己变成了两个人，一个在傍晚的草地上眺望远方，另一个却在午后明媚的阳光下驻足村头。此时，一种莫名其妙的伤感情绪顿时弥漫了我的全身，脑中不停地徘徊着一个疑问：我们现在一天走了古人一月的路，却不能在这古镇里拥有一夜的圆月，难道我们现在失去的真的只是一种宁静和悠闲……

静静的万木

一片春日晨曦中，我们驱车数小时，来到一个叫万木的小村庄，不承想竟瞬间被它的气象吸引，流连其间，霎时便忘却了回家的路。

万木是宁静的，它远离尘嚣，藏于深山之中，静看世间风云变幻；万木是高雅的，它隔断世俗，卧于乌江之侧，聆听山中禅音袅袅；万木也是深沉的，它历经沧桑，长于历史之上，追寻匆匆岁月的脚步。

置身其间，我竟有一种宛若隔世般的感觉——

这才是我的万木！我的憩息之所！

荔枝峡

两岸荔枝红，万家烟雨中。

邃岸天高，空谷幽深，涧道之峡，车不方轨，号曰天险。

北宋李师中一首《菩萨蛮》道尽烟雨朦胧中荔枝之美，而北魏郦道元则写尽空山幽谷之奇美险峻。我实在无法想象，一旦这鲜红的荔枝遇上这深幽的峡谷，将是怎样一幅绝美的画面？

而在万木，这两者竟生生地呈现在了我面前。

万木的美，最美不过荔枝峡！

乌江自万木境内由南向北而去，被两岸群山夹道而迎，奇峰突起，巨石壁立，千年乌杨从岩石夹缝中盘旋而上，使幽静的荔枝峡更显出一种永不服输的倔强精神。

一江碧水静静地流淌，哗哗声回荡在山谷间，深远而悠长。抬眼望去，雾气在山顶回旋，竟似仙境一般。阳光温柔地刺破沉沉雾霭，万道金光洒向江面，使平静而宽阔的江面顿时变得金碧辉煌。

我们的船沿江而下，两岸的青山一直默默地跟着我们，时而开阔，时而狭窄，山上长满了各种植物，郁郁葱葱而苍翠欲滴。

荔枝峡的美，美在原生而近乎天然。

这是一种未加雕饰的美，像上天一道电光劈开的一条长口子，带着汩汩的鲜血蜿蜒而去，用生命养育着峡谷两岸的土家儿女。

百里乌江画廊，至此山水之美甲天下。

深幽的荔枝峡沉默不语，正用其藏而不露的美流逝着时光。

永和寺

永和九年，岁在癸丑，暮春之初，会于会稽山阴之兰亭。

王羲之的一篇千古美文让永和这个年号承载了多少文化内涵，历经千年而经久不衰。而在万木，我竟再次与之相遇，何其有幸！

这都源于一个千年古刹——永和寺。

关于永和寺，当地流传着这么一个传说：从前，一个叫慧源的高僧从四川峨眉化缘来到乌江河畔，在永和寺所在地做了一个梦，梦见有一道佛光从这里飞向远方，醒来以后，他就意识到这里定是一块风水宝地，于是决定不再远游，在当地化缘修建了一座寺庙，时值东晋永和八年，于是命名永和寺。

永和八年！竟比王羲之的兰亭集序还早了一年。

正默想着，偶见寺庙上殿大厅前的石碑上刻诗有云：兰亭一序古流传，更觉残碑早一年。

徜徉于永和寺里，随处都可触及历史的印迹。这千年古刹，袅袅香烟，竟让我有点不知身在何方。

一阵钟声响起，悠远而绵长，在寂静的山寨中绵绵不绝地传开去，余音袅袅。目光所及，是一个铁铸的大钟，许是年代久远，大钟已然锈迹斑斑。据当地乡亲讲，此钟重三千来斤，乃永和年间三大铁钟之一，敲将起来，方圆几百里内都能听见。

寺庙！历史！钟声！诗！

当这些词语在我脑海中呈现出来的时候，我竟有一种迷失自我的感觉。

难道这就是所谓的——禅意！

小石林

流水桃花世已非，石林烟草尚芳菲。

不知道为什么，来到万木小石林的时候，我突然想起了南宋王十朋这句著名的诗。当然，王十朋是没到过万木的，但我在想，就算他到得万木，也必然会为这万木小石林而折服。

我曾经去过云南昆明的石林，也到过重庆万盛的石林，诚然，那里的自然风光都很美，层层叠叠的石峰林立，呈万千不同之态，有一种博大壮观之美。

和它们比起来，万木小石林确乎显得小了，但正因其小，而彰显出其奇特来。

万木小石林是密密麻麻的，似一层一层折叠着的纸鸢，整个看上去竟有一种眩晕之感。石林中间是一些四散开去的小道，这些小道同四周的石林一起，共同布下了一个个迷宫，一旦进去便很难顺利地走出来。

因而当地土家村民称其为——八卦石林！

好一个八卦石林。

万木小石林的石头也确乎是充满了灵气的，而石头一旦有了灵气，它还是石头吗？

当然不是。

这一排排石头在我的眼里仿佛变成了一个个倔强的生命，贯穿着幸福和苦难，埋藏着坚忍不拔的灵魂。

夜幕降临的时候，我在寨子里眺望不远处的小石林，隐隐约约中，那些石头竟幻化成了一尊尊佛像，伫立在寨子的西边，守护神一般。

离开万木的时候，我从山顶回望了一眼，整个寨子，沐浴在一片朝阳之中，透出一股融融的暖意。

那是一种清丽脱俗的美。

美得高雅！

美得深沉！

更美得宁静！

长安三迭

城墙

一踏上城墙，我即刻肃然起敬。

我一再放轻脚步，唯恐唤醒这地下沉睡的灵魂。我相信，城墙上的任何一块砖，都有一个悲壮的故事。同伴说，这城墙真宏伟，彰显着古人的智慧。我没有说话，呆呆地看着眼前的城墙向前延伸，竟满目疮痍。我感觉不到任何的宏伟，只有压抑的沉重，和深深的痛。

我想到的只有战争。

我来到城墙边朝下望，城墙很高，很陡峭，不远处的护城河缓缓流动。我的头脑中瞬间出现了无数厮杀的场面，墙下的士兵不顾一切攻城，墙上的士兵拼死抵抗，你来我往，尸横遍野。终于，归于一片沉寂。

在历史的长河中，多少个家庭妻离子散，多少个政权分崩离析。

任何一个朝代的更迭，都会有无数场战争，而任何一场战争，都会夺去无数生灵的生命。我虽然明白这个道理，但当我真正面对这些亡魂的时候，我却怎么也控制不住自己：

国家！民族！战争！生灵涂炭！

——这便是历史！

一个我们怎么都无法回避的历史！

此刻，是晚上，城墙外面一片辉煌，充满着现代的气息，城墙里面，是一片低矮的房舍，错落在黑暗里，看不真切。

这一明一暗，一黑一白，被城墙隔离成了两个截然不同的世界：一个是遥远的过往，另一个是光明的未来。

我沿着城墙缓缓前行，两旁是迎着夜风招展的旌旗，飒飒作响。

我站在城墙上想，这是一个怎样的城市呢？居然能够把历史和现代融合得如此完美，甚至让我们分辨不出：哪是历史，哪是现代？

我突然想起同伴的话。或许，他说得对，城墙，确实宏伟。

怎么能不宏伟呢？

这是我们的祖先用生命和鲜血一块砖一块砖垒起来的，是民族精神的象征，布满了伟大的英灵。

我在城墙上走着，步履轻轻，像是在跟一个个生灵对话。遥隔千年，我仿佛看见了他们的身影，那么清晰，那么和蔼，那么沉重。

走了一段以后，我和同伴在永兴坊下了城墙，那一刻，我掉头回望：

城墙巍峨，夜色中，有一种肃穆的伟岸。

大明宫遗址

多少残垣断壁，才成就了今天的你。

历史，在这里，是有声音的。那些声音潜藏在埋藏于地的雕栏玉栋里，和泥土一道，沉睡千年。

一路上，都是倒下的历史。

枯黄的青砖，倾塌的断石，露出一角的房檐。看到这些，我都会产生一种莫名的疼痛感。走着，想着，痛着。

有时，疼痛，才会让你更清醒，才会让你触摸到生命的真谛和内涵。历史，似乎也只有在疼痛中，才能还原出该有的真相。那一截截坍塌的断垣，就是一段段厚重而悠久的历史，见证了一个个朝代的兴衰，更见证了几千年来，百姓的疼痛，刻骨，铭心。

残垣断壁里，有王朝的强盛，有历史的兴衰，但更多的，却是血泪。

没有血泪，何来历史？

真正的历史，绝不是欢声笑语，而是血泪满仓。这，无关乎繁华和衰败，往往在无尽的繁华背后，都隐藏着我们看不见的衰败。繁华和衰败的同生共存，才构成了历史。正如这深埋于地的残垣，你说是繁华，还是衰败？

历史！真相！原罪！良知！

在这个酷热的夏日午后，一堆散埋于地的残壁，让我不得不再次面对一个古老而陈旧的话题——

究竟什么是历史？

从小到大，我们眼中的历史，就是一串串呈现于书本上的文字，亘古不变，一代又一代地口耳相授，我们却从未去质疑过其真假。

什么是真？什么是假？

随着时间的消逝，历史或许正如这些遗迹一样，早已带着真相长眠于地下了。其实更多的，我们所能见到的历史，却只是一堆无法言说的荒草而已。

面对历史和真相，我们应该具备怎样的良知？

打捞历史？澄清真相？

抑或只是在这种亦真亦假的"历史"当中充当一个匆匆过客？

我们的历史，有着太多的不幸，或许若干年后，那时的我们也早已变成了“历史”，再由我们的后代来打量：哪些是真？哪些是假？

或许，这个话题过于沉重，于是，我沿着公园里的小路，来到了太液池。

瞬间，我便被震撼了。

我从来没有想过，平静的辽阔的碧绿的湖，怎么能和久远的苍凉的带着历史痕迹的遗址共存，一个是青春和希望，一个是迟暮和过往，这一青一黄，一新一旧，竟能如此和谐地呈现于暮色之下和天地之间，怎不叫我震撼。

站在堤岸上的那一刻，我忘却了时间，忘却了身在何处，只记得两个词：历史，生命。

昆明池

昆明池的美是一种意境悠远的美。

冬日午后，长安城西，静谧而辽远的意境，我们驻足其间，流连忘返。

昆明池是一个巨大的湖沼，像一片碧玉镶嵌在斗门镇的东南角，湖光晚霞相映成趣，使人产生一种天地和湖水在刹那间相融一体的错觉。

湖很辽阔，也很静谧，靠岸的木栈道旁，系着几只小船，微微拱起的乌篷，在暮色的天地间，划出一道美丽的弧线，几只水鸢在湖面悠闲地游着，身后平静的湖面，被带出几道长长的波纹，蜿蜒着向四周扩散开去，终又消失在茫茫水面。

栈道。小船。水鸢。湖面。

这一静一动，如此和谐地呈现在我面前，让我瞬间体会到了一种生命的境界和内涵。

湖中有一座拱桥，名曰鹊桥，意寓牛郎织女那真挚纯洁的爱，鹊桥的两端，是两条长长的木栈道，一直延伸到湖岸，木栈道两旁的湖岸，长着一丛一丛枯黄的芦苇，苇穗在晚风中轻轻摇荡，轻盈而灵动。

极目远眺，那一道长长的湖堤，湖中弯弯的鹊桥，曲折的木栈道长廊，连同眼前随风飘摇的芦苇，参差错落地倒映在平静的湖面，构成了一幅绝美的画面。

我们沿着湖岸走，不时会偶遇一些栽种在湖岸泥土里的花草，有的早已枯黄，有的仍然绿意盎然，他们紧紧地挨在一起，有时竟分不出哪些是枯黄，哪些是碧绿了。脚下的泥土里，落满了树叶，一层一层，有的已经埋进了泥土，有的却是才覆于其上，于苍茫的暮色中，静默着生命中最后的时光。

枯黄。碧绿。泥土。死亡。

这些微不足道的生命，用他们的姿态，阐释着生命的真谛。

何谓生？何又谓死？

生的一定会寂寞地生？死的就一定真正的死了吗？

就像这昆明池里随处可见的牛郎织女的雕塑，总会让我们无端想起那凄美的故事：他们为了这一年一度的鹊桥相会，日复一日，年复一年地等待，永无休止，不知疲倦。但，假若哪一天，他们因为种种原因而无法再相见，他们会舍下对方，独自苟活于世间，去煎熬那份刻骨的悲凉吗？

宝鸡一日

塬

我们南方没有塬，南方只有田和土地。塬，是北方的“特产”。

说不清楚为什么，每次看到塬，我都会有种灵魂一颤的错觉。绝无例外。一片连着一片，一层叠着一层，莽莽苍苍，杂草丛生。极目远眺，枯黄中偶尔夹杂着一点新绿，在那片干涸的土地上顽强地生长，在萧瑟的寒风中微微摇摆。

这一切，都让我想到了：生命。

相比南方田地的郁郁葱葱，塬，其实更像土地。厚实，坚硬，粗粝，棱角分明，看似贫瘠中却孕育着勃勃生机。

我生平第一次看见塬，是在 2014 年，那是我第一次踏上北方的土地。当我看见塬这种西北地区特有的地貌时，我完全被震撼了。苍茫，辽阔，空旷。这是和南方完全不一样的“风景”，不仅优美，而且顽强，生命的顽强。

今天，当车窗外再次出现层层叠叠的塬时，我瞬间肃然起敬。

客车在高速公路上疾驰而过，车内充满着欢声笑语，我凝神窗外，注视着这一片片的塬，有的覆盖着深绿，有的裸露着黄土，有的从中断裂，露出一条条黑色的伤口，有的塌陷成壁，刀砍斧凿一般，显出很有意蕴的纵深感和层次感。饱经沧桑。

车速很疾，这些塬，一会儿就从我眼前消失了，我回过头，想再去寻找塬的身影，但，我寻找到的，却只是一片苍茫。

去宝鸡的途中，我体会到了生命的庄严。

我知道，那是塬送给我的最贵重的生命礼物。

陶器

在宝鸡中国青铜器博物馆，我看到了很多出土的青铜器，这些青铜器形状各异，做工极其精细，彰显着我们祖先的智慧。但，我却看得索然无味。直到我看见了这一件件陶器。

伟大和崇高，向来离我们很远，我们只能瞻仰，只能感叹，而生活和平凡却离我们很近，近到触手可及，近到温暖如昔。

历史，是什么?

是战争，是血泪，是堆积如山的尸骨，是朝代更迭的呐喊，是光芒耀眼的文明，是卷帙浩繁的史书，但，更多的，却是袅袅升起的炊烟。

我们常常被历史的某种光芒遮住了双眼，总是有意无意地忽略历史的角落，然而，我们是否想过，所谓的历史，真正的历史，或许，正藏身于这些隐秘的角落。

所以，当我在一堆堆光芒四射的青铜器里发现这些带着泥土味的陶器时，一股暖流便奔涌而来。这些陶器很普通，器皿上沾满泥土，显得土黄瘦黑，疲惫不堪，完全没有青铜器的那种高贵，有的只是某种容易被我们遗忘的凡俗。

在一圈陶器展品中间，有一块立体雕塑，雕塑展现的是远古时期百姓们的制陶场景，抑或是生活场景，有树有窑有陶器，有房有地有动作，十九个百姓神态各异，分别做着自己的事，看上去极其亲切，像极了我们现在的某个村寨。

那一瞬间，我竟有一种莫可名状的感动。

这，才是历史；这，才是生活。

从古至今，时代在变，岁月在变，历史在变，生活条件在变，唯一不变的，却是我们那份对待生活的态度，以及生命存在的过程。

那一刻，我从未觉得历史是如此亲切，带着某种烟火气。

周原

我们的最后一站是位于扶风的周原博物馆。由于地理位置的原因，周原游客不多，整个博物馆显得有点空旷。

周原的外面，是仿古式建筑群，建有西周宗庙和西周宫殿建筑群基址；周原的里面，则藏有数百件出土的历史文物，全面反映了三千年前西周的生产生活和政治经济状况。

周原，周原，西周的原地，西周的源头，也是中华文明的源头。

西周在我国历史上的地位，毋庸置疑，因此，当我来到周原这一刻，竟突然生出一种朝觐的虔诚。这是对历史的尊重，对祖先的膜拜，对生命的仰望。

周原里面的陈列品，有一部分是细小的碎片，这些历史陈迹，埋藏在地底数千年，今日重见天日，带着浓厚的泥土味，向他们的后代诉说着遥远的过往。

那时的我们……

遗迹是破碎的，历史也是破碎的，这些破碎，需要我们来粘接，需要我们来拼贴。在破碎中粘接历史，在破碎中还原真相。

这，才是周原的碎片告诉我们的真理。

周原不远处即是著名的法门寺，禅音袅袅，佛法深奥，和周原形成了某种极具深意的瞭望姿态。当历史和生活有了某种宗教般的虔诚，我们便离成佛不远了。

佛曰：一切皆虚空。

但，在这空里，装着的，却是整个世界。

离开周原的时候，我透过车窗，看见了不远处的法门寺，在暮色中显得极其巍峨，那一刻，我仿佛看见了一道光，刺破沉沉暮霭，照亮了我们前行的路。

和顺和顺

于一个生于古镇长于古镇的人来说，去古镇旅游似乎并没有什么吸引力，然而，当我到达云南腾冲和顺古镇时，这种想法竟瞬间变得烟消云散。

我们是一大早便到达和顺古镇的，因此，我有着充裕的时间来近距离地感受和顺古镇。

才一下车，我便被和顺那静谧而安详的气息感染，七月酷暑所带来的烦躁竟一扫而光，变得宁静平和起来。沿着牌坊往镇子里面走，一条碧水绕村而过，河畔柳影婆娑，和岸边各色古建筑群相映成趣，端地称得上是人间仙境了。

这让我想到了和顺古镇名称的由来。据导游介绍说，和顺古镇位于腾冲县城西南四公里处，古名“阳温墩”，因境内有一小河绕村而过，更名为“河顺”，后取“士和民顺”之意，故而雅化为“和顺”。

刚一进得镇子，便有几个剧组在那儿拍摄抗日电视剧，不得已，我们便绕道而行，直接穿行到了镇子深处。走着走着，我便被镇子古朴的景致和浓郁的民俗特色吸引，脱离导游带领的大部队和几个要好的朋友缓缓漫步于镇子的各个角落里，我觉得只有这样，才能真正走进和顺的灵魂深处，感受和顺那独具特色的无穷魅力。

镇子里房屋的建筑风格多样，有四合院天井，也有三坊一照壁，但无论何种民居建筑，都能感受到历经岁月的沧桑，沉淀着一股浓厚的文化气息。镇子里的乡亲们也很质朴，看上去和蔼可亲，面对我们突兀的询问，总是很有耐心予以解答。

行走在镇子里，我们似乎早已忘却了自己身在何处，一种今夕何年的感觉油然而生。

和顺古镇里面的景点很多，比如建于清朝道光年间形似双虹卧波的双虹桥，始建于明代崇祯年间儒释道三教合一的道观元龙阁，碧波荡漾而潭畔古木参天的和顺龙潭等，都各具特色，让人流连忘返。

但，其中最让我震撼的却是滇缅抗战博物馆。

博物馆坐落在当年中国远征军反攻腾冲指挥部的旧址上，是我国第一个由民间出资建设和收藏的以抗战为主题的博物馆。馆内收藏了六千多件文物和一千多幅老照片，真实地再现了那段由血泪浇铸而成的历史。

在那山河破碎的年代，中国军民悲壮远征，出利剑横扫烽烟，用鲜血和生命谱写了一曲曲壮烈的悲歌。滇缅战役历时三年多，战事艰苦而惨烈，中国军民伤亡接近二十万人，达百分之七十以上，而在此次战役中殉国的将军以上的将领则多达十数人。

我站在博物馆的文物前，满眼尽是数十年前的那场战役，枪炮震天，血肉横飞，英烈气壮山河——

我仿佛看到，戴安澜将军在同古战役前，带头立下“誓与同古共存亡”的遗书，然后在超过我军八倍兵力的日军围攻下，苦战十多天，歼敌无数，后孤军作战而四面受困，率部突围至泰缅边区的野人山，无衣无食以杂草野菜充饥，爬山越岭七十余日，在夺取敌军阵地时，被敌军枪弹击中肺部，血流如注而至茅邦，终于流尽最后一滴血，年仅 37 岁便马革裹尸还。

我仿佛看到，覃子斌将军组建“华夏敢死队”同日军 148 联队于高黎贡山冷水沟对决，在战斗中负伤，一条腿被炸断，一双手也被子弹击中，仍然要求士兵背着他亲自率队作战，而当覃将军的尸体从前方抬回来时，晋升陆军少将的命令却还在传递途中。

我也仿佛看到，公元 2014 年，在埋骨异域七十余年后，三百多具中国远征军阵亡将士遗骸从缅甸经由腾冲猴桥口岸归国安葬，忠魂终于归国，得以魂归故土。

和顺！和顺！

原来你的“士和民顺”，全都是用鲜血和烈火淬炼而就，用忠魂和白骨铸造而成。

直到此时，我才真正地明白，和顺，之于历史的真正内涵。

离开滇缅抗战博物馆，我一个人沿着河岸默默地来到了镇子的另一端。在这里，我看见了成片成片的荷塘，铺天盖地的荷叶在阳光的照射下显得晶莹剔透，荷塘中央，一条碧绿的小溪缓缓而来，一只木筏穿过荷塘，木筏上坐着一群正在拍照的游客。木筏过处，荷叶随之摆动，似翩翩起舞的少女，婀娜多姿而又虚无缥缈。

荷塘对岸，是一大片丛林，郁郁葱葱。正待我准备转身离去的那一瞬间，一阵风起，丛林里疯了一般，一大群白色的不知名的鸟儿蜂拥而起，朝着天边扑哧哧飞走了。

我呆立岸边，看着远去的鸟儿，半晌没说一句话。

梁实秋和他的雅舍

来小城北碚一年多了，今天才第一次拜访同我仅有一墙之隔的梁实秋的雅舍。

顶着酷暑，出大校门左转，沿着林荫道走大约几百米，便来到了梁实秋雅舍。雅舍依山而建，小巧而精致，一如梁实秋为文为人，隐藏于闹市边缘的丛林中，居高临下，俯视着街面的喧嚣和繁华，于不动声色中看破万千红尘。

几级台阶之上，有一门楣，上书“梁实秋纪念馆”几个大字，两边是一副木刻对联，联曰：鬓发催人惊岁月，文章小技挟风雷。

于这样的闹市清幽之所，甫一看到这副对联，我脑中竟突然浮现出梁实秋那和蔼而温婉的面容。从门楣处抬眼望去，一级级窄窄的石阶往上延伸，石阶两旁种了一些不知名的树，阳光透过树叶照射下来，石阶上布满细碎的光点。石阶尽头的转角处，露出几截古色古香的檐角，使雅舍更显宁静和清幽了。

霎时，我竟有些讶异于，在那么一个战火纷飞的年代，梁实秋到底是怎么寻得这么一处清静雅致之所作为安身之地的？虽然我明知梁实秋之命名为“雅舍”，实乃取自友人吴景超妻子龚业雅之名，但其实我更宁愿相信，这里的“雅舍”更多地却是透露出梁实秋他们那一代知识分子精神境界的高雅和雅致的“雅”。

我想，能在那么一个朝不保夕的战乱年代里，有这份儿取名的雅趣，这本身就是一种心宽似海的雅量之“雅”了。

历史上的梁实秋曾被冠以“反动文人”的称号，在那个年代里，也曾发出一些不太和谐的声音，但我在想，他是否有着他的苦衷，他又是否有着他自己作为一个知识分子的独立追求？

拾级而上，台阶的尽头是一小块空地，藏于树林之中，不大，只容得下几间小屋。但，正是这方寸之间的弹丸之地，却容纳下了中国现代文学史上的一段段佳话和一部部伟大的著作。

空地上就是梁实秋的雅舍。

雅舍呈凹字型，凹口朝外，三间青砖灰檐的木屋静静地卧于树林之中。凹口处的空地上，是梁实秋的塑像，整个塑像呈白色。梁实秋戴着眼镜，一件针织短衫内衬一件白色领带衬衫，左脚搭于右脚之上，双手扶膝，一件外套斜搭于右手前臂，很优雅地坐于石凳之上，透出一股浓浓的书卷气。塑像背后的屋檐下，挂着一块原色木牌，上书“雅舍”二字。

木牌，塑像，以及那三间房舍，构成了一幅绝美的画面。

我站在雅舍前，眼前尽是战乱年代中知识分子间交往的众多逸事，是中国现代作家们在颠沛流离和贫病交加的日子里高昂着头共赴国难的不屈精神，更是一种蓬勃向上的强大的充满朝气的生命力。

外面敌机轰鸣，雅舍简陋而清幽，梁实秋和吴景超夫妇在此恭迎同处北碚小城的老舍和冰心等朋友，几盏清茶，几把竹椅，谈笑间却说文论道，好不悠闲雅致。

但，这里的“雅”，却是一种感时伤世的博爱，一种为国为民的宽容，以及一种于世事无可奈何的悲叹了。

进到雅舍里面，是梁实秋先生的生平事迹介绍及其故物作品的展览，而其中最吸引我的，则是那间真正的“雅舍”——梁实秋先生的书房。

书房很简陋，靠窗是一张旧式书桌，上摆文房四宝，墙边一张八仙桌，两把太师椅，墙角是一个简易的木制书柜，书柜旁的墙上挂着老舍先生为梁实秋雅舍而作的一首诗：

偶得新诗书细字，每赊村酒润闲愁。

中年喜静非全懒，坐待鹃声午夜收。

我久久地凝视着那方简易且带有旧伤痕的书桌，好半天竟一动不动。正是在这方书桌上，诞生了中国现代文学史上享誉海内外的经典散文作品之一。

这是一方文化书桌，更是一方代表着现代知识分子精神的书桌。

仿佛之间，我似乎明白了梁实秋先生的那份苦衷——

既然改变不了现实，那么则去转而追求一种宽容和宁静；与其在那无端的痛苦，毋宁去追求一种思想境界上的提升和创作中的真谛。

于是，在这样的境况下，一篇篇小品文诞生于战火中，一首首哲理诗孕育在硝烟里。

在这里，在这简陋的雅舍中，梁实秋先生用他那饱蘸思想精魂的墨汁，书写出了流传至今的美文，而这些美文，则带着浓浓的墨香，浸润了这个叫作北碚的小城。

一座城，一个人；几间屋，一本书。

梁实秋先生，用他的文字和雅舍，给北碚这个小城，带来了难以消除的翰墨书香！

岳阳楼

从中学时代背诵范仲淹先生那篇著名的文章开始，我便对岳阳楼心存向往，期待着有朝一日能亲眼目睹这能引发历代文人感时伤世的悠悠古楼。

故而，当我真正站在岳阳楼前的时候，竟有点悲从中来，满眼都是那些在历史长河中凭吊于此的古圣先贤。我久久地凝望着面前这座古楼，竟不敢轻易去登临。

我不断地想：一座古楼，何以承载得下如此丰富而沉重的中华文化？

昔闻洞庭水，今上岳阳楼。吴楚东南坼，乾坤日夜浮。亲朋无一字，老病有孤舟。戎马关山北，凭轩涕泗流。（唐·杜甫）

万里来游还望远，三年多难更凭危。白头吊古风霜里，老木沧波无限悲。（南宋·陈与义）

从杜甫到陈与义，岳阳楼由唐到宋，几经变化周折，但唯一不变的，却是先贤们那满腔的爱国热情和壮志难酬的悲壮情怀。此时，我似乎突然之间明白，岳阳楼之所以有如此名声，不仅在于它的雄伟壮观，登临它的名人之众，更多的却是它代表了古代文人们对于祖国那份矢志不渝的极度忠诚。

我不禁再一次想到了范仲淹，想到了他那名满天下的《岳阳楼记》：

不以物喜，不以己悲；居庙堂之高则忧其民；处江湖之远则忧其君。是进亦忧，退亦忧。然则何时而乐耶？其必曰：先天下之忧而忧，后天下之乐而乐！

好一个装着天下苍生的范仲淹！

时间倒回到北宋庆历六年（公元 1046 年）九月的一个晚上。这天晚上，月光皎洁，萧瑟秋风吹得范仲淹泪眼婆娑，他把昔日好友滕子京送来的岳阳楼图悬挂起来，凝神构思。霎时，诸多往事瞬间涌上心头，竟难以自禁，铺展砚墨，挥袖如风……

写毕，范仲淹默默站立窗前，任凭两行热泪肆意而下，雕塑一般，久久不能动弹。

我们应该永远记住庆历六年的这个夜晚，这个夜晚，在距岳阳千里之外的河南邓州，诞生了一篇流传不朽的千古名文《岳阳楼记》。那一刻，中国的知识分子有了自己的人生坐标，中国的历史文化也有了自己的独特魅力。那一夜，烟波浩渺的洞庭湖必将变得无比清澈，而巍峨壮观的岳阳楼也必将变得更加伟岸辉煌。

遥隔千年，岳阳楼依然静静地矗立在我面前，目光所及，满眼尽是无穷无尽的光辉璀璨和历史沧桑。我沿着岳阳楼布满岁月痕迹的窄窄的楼梯缓缓而上，脚步轻得像一颗路边的尘埃，生怕惊扰了这岳阳楼里那些高贵的灵魂。

登临岳阳楼，凭栏远眺，眼前是一望无尽的洞庭湖，湖中远远的一点青绿，那必定是著名的君山岛了。洞庭湖湖天相接，君山岛碧如眉黛，湖光山色相映成趣，此时，一阵微风袭来，我竟真有一种范仲淹似的心旷神怡和宠辱皆忘之感。

进得楼来，壁上刻有历代圣贤的诗词文章，在悠悠岁月中，显得斑驳陆离，但这斑驳中，却有一种难以名状的神圣和庄严。

我站在楼上，早已忘却了时光的流逝，竟舍不得移动脚步。一瞬间，我的灵魂似乎离开了我那笨拙的身体，飘散于这古老的岳阳楼的各个角落。我有一种灵魂被抽空的错觉。

不知是这洞庭湖的风太大，还是这岳阳楼的魂太悲，不一会儿，我竟觉得眼睛涩涩的，似要淌下泪来。我赶紧闭上双眼，但才一闭上，两行热泪竟滚滚而下。

泪眼婆娑中，我仿佛看见范仲淹正从荒草萋萋中走来，步履沉重，长须飘飘。一个熟悉的声音在我耳旁回荡——

然则何时而乐耶?

突然，眼前的洞庭湖竟渐渐变得模糊起来，似要和这身后的岳阳楼一道，融化在这苍茫的天地间。

血色巴中

我是第一次来到巴中。

当我于暮色四合时分踏上这块位于大巴山深处的土地时，我却分明感受到了他的苍凉和沉重。短短的三天时间里，我虔诚地行走于巴中的山山水水，庄严而肃穆——

这是一块洒满热血的土地！一个血色巴中！

王坪

在王坪，我得尽量放轻我的脚步，因为我不想惊扰这深埋于地下的数万英魂。

我曾到过无数红色革命圣地，但却没有哪一处能够像王坪这样，带给我如此巨大的震撼。

群山巍峨，林木森森，我沿着石砌的台阶一步一步缓缓地往上走，内心却似坠了一块铁，竟有千斤般沉重。石阶是青色的，在阳光的照射下却显出一种奇异的暗红色，像凝固着的血。

——数万英烈的血！

到得顶端，一座汉白玉砌成的牌坊耸立在石阶尽头，上书两行大字：川陕革命根据地红军烈士陵园。牌坊后面，是一小块空地，空地上竖着一块纪念碑，空地两侧则是一片古柏林，整齐而浓密，树叶几乎完全遮挡住了外面的阳光，使得我们完全沉没在一大片阴凉之中。

纪念碑后面，是一个巨大的坟。我从来没见过这么大的一个坟，竟纵横数十米，坟上面长满杂草，枯黄一片，在微风的吹拂下，微微颤动。

听导游介绍说，这便是万人冢。

里面埋着牺牲的数万红军将士，而且早已找不到他们的名字。

我站在坟前，默然无语，一种莫名的悲戚从心底涌出，差点使我摇摇欲坠。鬼使神差般，我竟突然想起了小时候从老师嘴里听得最多的一句话：我们今天的幸福生活是千千万万革命烈士用鲜血和生命换来的。

万人冢旁，是一些有名有姓的烈士的墓地，墓碑脚已长满青苔。我被一个名叫吴展的烈士吸引，驻足于他的墓前，久久不肯离去。

吴展烈士是安徽六安人，生于1901年，历任红十师参谋长和彭杨军政学校教育长，从一结婚便参军离开家乡直到牺牲在外地，从未和家里联系过，而他的家人也一直没有他的音讯。从他离家的数十年来，家人从来没有停止过对他的寻找，但在那个消息闭塞和动荡的时代，总是无功而返，直到中华人民共和国成立后多年，他的一个亲人偶然在一张照片上看见了吴展烈士的墓碑，才不远万里地寻访到了巴中的烈士陵园，最终找到了亲人的遗骸，而此时，吴展烈士的儿子都已经是80多岁的高龄老人了。当老人跪倒在坟前，于号啕大哭中喊出了80多年来的第一声爸爸时，在场的所有人莫不悲戚动容。

沿着小路来到万人冢上面，我瞬间便被眼前的景象震撼了，久久说不出一句话。

眼前是一片一片的白色墓碑，一排排一列列，方圆纵横几百米，粗略估计得有上万块。墓碑全是纯白色，纵横交错呈轻微的弧形，立于一大片淡绿色的草地之上，在冬日阳光的照耀下，发出刺目的光。导游说，这全是牺牲的红军烈士的墓碑，得有几万块，当年整个巴中地区有 12 万人参加红军，到后来只剩下不到两万人了。

我差点没被这个数字吓倒。最初的 12 万，只剩下不到两万，牺牲了十多万。这是一种怎样的壮烈！这又是一种怎样的可歌可泣！

这让我想起了一个将军的名字——傅崇碧。

傅崇碧将军是巴中本地人，生于 1916 年，1932 年参加红军，1933 年初动员两千多名同乡参加红军，却最终牺牲得只剩下十几个人。中华人民共和国成立后，有一次，傅崇碧将军打算回乡，乡亲们得知这个消息，正准备迎接他，但当他到得巴中境内时，却临时改变主意，不再回乡了。随从问他怎么了，傅崇碧将军悲戚地说，我把乡亲们带出来，却没能带回去，我没脸再见乡亲们呐！

王坪烈士陵园对面的山坡上，便是傅崇碧将军的故乡，那里莽莽苍苍，山峰一座连着一座，在天地间沉默不语。

正当我注目于群山的时候，导游给我们讲了一个故事：在巴中的通江县，有一户农民叫向思宽，1933 年初，向思宽一家七人全部参加了革命，后来，全家都牺牲在川陕苏区和长征路上。其实在战争年代，像向思宽这样的家庭还有很多很多，他们为国家为民族抛头颅洒热血，换来了我们今天难得的和平。

我再次注视着眼前这大片大片白色的墓碑，内心有如锥刺一般疼痛。不久，我抬眼望天，天空湛蓝，阳光温暖，一种瞬间迷失自我的感觉紧紧攫住了我。

任何一个朝代的更迭，都会有无数场战争，而任何一场战争，都会夺去无数生灵的生命。我虽然明白这个道理，但当我真正面对这些亡魂的时候，我却怎么也控制不住自己的眼泪，扑簌簌顺流而下。

国家！民族！朝代！战争！生灵涂炭！

——这便是历史！

一个我们怎么都无法回避的历史！

光雾山

我们是黄昏时候到达光雾山的。

我没有去过北京的香山，也没有看过名满天下的香山红叶，但当我在黄昏时分到达光雾山的时候，我便固执地认为，再也没有哪里的红叶，能比此时光雾山的红叶更红了。

这里的红叶，是由无数烈士的血染红的！

那漫山遍野的红，在我眼前层层叠叠地铺开，璀璨夺目，汹涌而至，放肆地红着。我们在一个河滩下了车，由于处于枯水季节，河滩几近于干涸，但河滩四周的树木，却异常坚挺，利剑一般直冲云霄，似要刺破这昏暗的苍穹。我看得一震，心想这光雾山的树，怎么会生得如此斗志昂扬。

沿着一条小溪顺流而下，我们穿行于光雾山的十八月潭。一路上，落叶满地，飘落在缓缓的溪流中，附着在道旁的岩石上，金黄金黄的，仙境一般。偶尔，我会看见一根倒在溪水旁的树的尸体，半截浸泡在溪水中，半截躺倒在岩石上，被落叶覆盖，虽然早已死去，但仍然倔强地挺立着，永远不肯屈服，就似这光雾山地区死去的战士一样，肉体虽死，但浩气长存。

在一棵树倒下的地方，必有大片的树木林立，这些林立的树木，顶着满身的红叶，守候在这棵倒下的树的旁边，不离不弃。一阵微风吹来，又飘落几片红叶，不偏不倚地覆盖在倒下的树的身上，增加着倒下的树的厚度。

这一生一死，一立一倒，正好诠释着生命的真谛。

何谓生？何又谓死？

生的还在生？死的就一定死了吗？

光雾山中的树和红叶，正用自己的生命，演绎着世间的生死轮回。

这或许正是光雾山的红叶如此之红的原因吧。这哪是红叶啊，完全是生命之叶，灵魂之叶。我在想，等这些红叶化作泥土以后，定会染红我们脚下这片热土。

近出口的时候，天色更晚了，已然有些昏暗起来。一面壁立千仞的崖壁突然出现在面前，一条白色的瀑布从崖顶奔流而下，在哗哗声中溅起无数水花，壮观异常。

这是一种宣泄，更是一种力量。

勇往直前！宁可粉身碎骨，也敢搏击长空！

这条白练似的瀑布，在这黑色的天幕下，从天而降。这一黑一白，显示出的正是光雾山雄伟壮观的阳刚之美。

有了这山，有了这水，在那一瞬间，我仿佛明白了，为何在巴中这块土地上，竟会有那么多悲壮的故事。

离开光雾山的时候，已然是深夜了，四周黑漆漆的一片，我透过车窗往外望，早已分不清哪些是红叶，哪些是夜幕了。

再见了，我的光雾山！

再见了，我的那块洒满热血的土地！

再见了，我的血色巴中！

司马迁祠

车过陕西韩城的时候，我被高速路旁那一垄垄参差错落的黄土塬紧紧吸引住，黄土塬方圆一片，裸露在路旁的高岗上，高低不平，层层相叠，看着有如一座土筑的城堡，城堡居高临下，极目千里，极其雄伟壮观，然而，城堡却黄土堆积，寸草不生，风沙肆掠，看着极其破败荒凉。

同伴告诉我，这是司马迁祠。

司马迁祠！

当我听到这几个字时，突然像被一股电流击中，呆住了。刹那间，一股崇高的敬意和莫名的悲凉瞬间便弥漫全身，让我有种泪眼迷茫的错觉。一代太史公，死后竟落得如此荒凉，怎不叫人感伤。

我对同伴说，我想下去看看。

司马迁祠距禹鉴龙门不远，是太史公的故里，东临黄河，背依梁山，建筑于地势高畅的黄土岗阜上，面临陶渠水，南瞰古长城，可谓山环水抱，气象万千。行至岗阜至高处，即是司马迁墓，墓用砖石砌成圆形宝顶，墓顶植有一株古柏，浓密青翠，乃宋元所筑衣冠冢。

祠和墓始建于西晋永嘉三年，清康熙七年，祠和墓曾大规模扩建，后祠墓相连，从坡下至顶端，依崖就势，层递而上。祠共分四个高台，道路两旁松柏林立，苍翠而庄严，各个高台间有石阶，层层上升，共九十九级。台前各立一个木牌坊，自下而上共四个，第一台牌坊上书“高山仰止”，第二台上书“龙门才子故里”，最后一台便是司马迁墓。墓经宋金元清等朝多次修葺，墓壁周围嵌有砖雕八卦图案和花卉图案多幅，墓前竖一块石碑，上刻“汉太史司马公墓”，乃清朝乾隆年间毕沅题书。

祠庙的第三台上有献殿和寝宫，内祀司马迁的塑像，塑像方脸长须，双眉接鬓，形态庄严。殿宇和山门都是宋代的建筑结构，祠内有古今碑石百余件，内容涉及祠墓的修缮祭祀和历代先贤的凭吊题咏，以及《史记》相关篇章中的警句名言。

祠的北侧，断崖壁立，高百余公尺，祠前凭栏远眺，黄河滔滔，梁山巍巍，站在墓地往下看，林木茂密，坡下台地上筑有配殿，四周有带雉堞的高墙，形似城堡，很是雄伟。到得此时，我先前的伤感才略有减轻，这，才理应是太史公该有的墓茔。

一个太史公，让我们的历史有了重量；一部《史记》，让我们的历史有了温度，而有了重量和温度的历史，才是真正的历史，而不是某种冰冷的文字和某种装腔作势。

于中国历史来说，太史公司马迁，可谓功莫大焉。

其实，面对这样的功劳，用任何词语来赞美，都会显得极其苍白，毕竟，词语的含义是有限的，而文化的传承则无垠。

文化，是历史的文化；历史，是文化的历史，更是人的历史。

而且，历史，是有真相的。

何谓文化？何谓历史？何谓真相？

太史公司马迁，用一部《史记》，留给了我们太多，多到如这祠庙里的尘埃，多到如这山岗上的黄土，多到如这千百年来的岁月和时光。

一段历史，隐藏着多少功名，多少血泪，多少生命；而一抔黄土，更掩埋了多少尸骨，多少往事，多少荒凉。

西风残照，汉家陵阙。

一个著历史的人，如今，却成了历史，让后代来凭吊。历史的洪流，滚滚向前，湮没一切，摧毁一切，埋葬一切，在历史面前，生命，何其渺小。我们在祠庙前凭吊太史公，但，我们可曾真正看见太史公，看见太史公的“历史”。

在历史面前，不装饰，不欺诈，不做作，坦诚以待；历史的悲剧，不要重演，历史的教训，时刻谨记；让历史远离破败，让历史远离荒凉，让历史从历史中走向光明的未来。

这，才是对太史公真正的凭吊。

连城山上的庙

去年七月，我跟朋友顶着烈日，徒步来到连城山。

北方的天空高远而空旷，没有一朵白云，太阳直直地照射着我们，无所隐藏。我们在公路上走得汗流浃背。

时值午后，路上一个人影都没有，只有我和朋友。连城山沉默不语，像一道屏障横亘在我们面前。我看着莽莽苍苍的山林，有点想打退堂鼓，最终，还是在朋友的怂恿和鼓励下一头扎进了深不可测的连城山。

山路并没有我想象的那么崎岖，相反，还有些平缓。山路的两侧，全是密密匝匝的树，枝繁叶茂，像一顶顶巨型的碧绿的草帽，替我们挡住了火辣辣的太阳。走了一截，我们来到一个断崖处，我站在断崖边上，看山下的风景。山下是一条几近枯干的小河，蜿蜒穿梭于山岭间，河中全是凌乱的山石，在阳光的照射下，发出头晕目眩的光芒。紧挨着小河的，是一条盘山公路，公路上一辆汽车都没有，静得出奇，落寞地向前延伸，不一会儿便消失在崇山峻岭中。

正当我们准备继续前行时，竟偶遇一从山里砍柴出来的农夫，农夫背着一捆柴，像螃蟹一样侧身行走于山路上，我们对视了一眼，没说话，在擦肩而过的那一瞬间，我闻到了农夫身上散发出来的浓浓的泥土味。到得宽敞处，农夫背着柴，摆正了身子，缓缓向山下走去，从背后看去，那捆柴刚好挡住了农夫瘦小的身影，竟形似一座小型的柴山，扑哧扑哧向山下压去。

我和朋友走走停停，有时，在浓密的树荫下乘凉，有时，在布满阳光的山间小路上放声高歌，不知不觉间，竟来到了连城山的腹地。我们一路前行，忘却了时间，忘却了归途，也忘却了来路。不一会儿，我看见前面的山路中，横着一座小小的寺庙，阻断了我们前行的路。

我说，看，那儿有座庙。

朋友没搭理我，只顾埋头向前，我只得跟了过去。不到十分钟的样子，我们便来到了庙前，准确地说，应该是庙下。寺庙建在山路两旁的堡坎上，左侧靠山，右侧靠悬崖，远远看去，像悬在半空一样。山路从寺庙底下穿过，从远处看来，便像没有了路。

我们来到庙里，庙里冥寂无声，陈设很是简陋，只有一些简单的生活用品，水壶啊碗碟啊等，既无自来水也无电。我刚在想住在这庙里该怎么生活啊，一个道姑模样的老婆婆便来到我面前。直到此时，我才知道，这座庙竟然是座道庙。

从老婆婆口里得知，这座庙确实是座道庙，有些历史了，由前朝的道士化缘修建而成，一代一代道士便居住于此，但现今却只有老婆婆一个人在此了，其余死的死，散的散，都不知道去了哪里。老婆婆带我来到道庙右侧靠近悬崖的地方，那是一个小小的院子，院子里栽有几株植物，院子边缘有极矮的围墙，才高及膝盖，围墙外面便是悬崖。我来到围墙边，往外看去，悬崖很高，一阵山风吹来，我站在烈日下不禁打了一个寒战。悬崖下面，隐隐约约有一条小河，小河里似乎无水，在阳光的照耀下发出灰白的光。紧挨小河的，是一条青灰色的公路，盘旋在崇山峻岭间……

看到这儿，我突然想起了什么，那不是我们才进山时，在断崖处看见的风景嘛：原来我们兜兜转转几个小时，却依然没有走出原来的路。

老婆婆自住进这庙里来，十几年没进过城了，早上太阳升起，便起来打坐，然后开始一天的生活，翻阅经书，收拾院子，闲看日出日落，静观鸟语花香，到得晚间夜静山空时，便伴着月色和虫鸣，酣睡到天明。老婆婆就这样天天守护着庙宇，一守就守了十几年。其间，时有进山的游客给带来食用的水和食物，陪老婆婆闲聊，使得这座藏于深山里的庙宇，增加了不少生气。

我在想，何谓道，而何又谓修道呢？

自然，即是道；责任，亦是道；顺应自然，凡事不强求，默默承担着应尽的责任，便是修道。

天色向晚，我和朋友踏上了下山的路，步履轻盈。

川美那片小竹林

我从来没有如此痴迷于一片竹林，而且还是那么小的一片竹林。

以竹闻名的地方太多了，四川的宜宾，重庆的永川，都以大片大片的竹林闻名于世，那里的竹多到铺天盖地，整座山都被竹的绿包裹着，满眼所及，皆是竹，那是一种令我窒息的美。

川美我也来过多次，但我却从来没有发现这么一片小竹林。

一个春日午后，我再一次来到川美，静静地走着，于不知不觉间，竟偶遇了这片小竹林。小竹林位于一个背阴的小山坡上，清幽而静谧，少有人迹，似藏于深山的一枚珠玉，兀自散发着自己那孤傲的美。

我漫步于竹林中，脚步很轻，不忍打碎这份难得的宁静。阳光透过竹叶的间隙照射下来，零星地装点于地。阳光！微风！竹影！目光所及，我竟有一种如梦似幻的错觉。

脚下的泥土里，满是枯黄的竹叶，一层一层，铺满了小山坡，有的已经埋进了泥土，有的却是才覆于其上，于静默中，流逝着自己生命中最后的时光。

在一片竹林脚，埋有几只破旧的陶罐，罐口斜朝着天空，罐身被一些细碎的泥土和落下的竹叶覆盖着，呈现出一种莫可名状的沧桑的美，美得让我心痛。我在想，这肯定是川美的师生故意埋于此的，但究竟寓意着什么，却叫我捉摸不透。

历史？时光？希望？甚至于生命的内涵？

是，抑或不是，在这里似乎也显得不是那么重要了，我只是觉得，在这么一片特殊的小竹林里，有着这么几只破旧的陶罐深埋于地，这本身就能使我沉思。

竹林！泥土！陶罐！

这是一种深沉的美，一种震撼灵魂的美。

那一瞬间，我突然想到了：爱。

美！是可以衍生出爱的。爱！也必然伴随着美。

我想，我是爱着这片小竹林的，因为她的美，但又不仅仅是因为她的美。而在我心中，她美得让我有一种迷失自我的感觉。她的美，不仅仅在于外表，更在于让我着迷的内涵。外表的美终究是短暂的，而只有内在的美，才能够持久，似醇厚的陈酿一般，越久弥香。

我可以把你比喻为天上的仙子吗？

不！你应该比仙子更让我沉醉。你的刚柔并济，你的零落成泥，你的甜美的笑容，还有你那一颗纯净的心，都让我无法自拔，宁可时间停滞，也愿驻足其间，只为聆听你那温润的呼吸，品尝你那甘甜的生命的汁液。

你是我见过的最有才华的竹，最有内涵的竹，也是最让我痴迷的竹。我从没想象过，青翠的正在拔节的竹，怎么能和土黄的带着历史陈迹的陶罐共存，一个是青春和希望，一个是迟暮和过往，这一青一黄，竟如此和谐地呈现于阳光之下和天地之间，怎不叫我震撼？

我在想，你的这种魅力究竟来源于何方？

周围环境的熏陶？成长道路的滋养？抑或是自己内在蕴藏着的高贵的气质？

不管是什么，我只知道，现在的你，带着无穷的让我沉醉的美出现在了面前，让我被无尽的幸福包围着。那一刻，我竟忘却了时间，忘却了身在何处。我伸出双臂，紧紧抱住了你，抱住了我的整个世界。我闭上眼睛，静静地感受着你，感受着你的温暖，感受着你的高贵，感受着我们灵魂相交的震颤。

我多么希望时间在这一刻停止，让我从这紧紧相拥中，吸取你身上的一点点灵感，从而让我受用终身。

微风。落叶。细碎的声响。一股淡淡的清香袭来，那一瞬间，我品尝到你的甜，你的梦，你的关于生命的思索，我贪婪地吮吸着，像个初生的婴儿。

时间一分一秒地在流逝，而我却舍不得放手，我担心这一放手，便再也不能如此近距离地感受你了，感受你的体温，感受你的存在了。我得用尽最后一丝力气，拼命地抱住你，把你抱进我的灵魂深处。

我知道，我是爱你的，就算爱得辛苦，爱得卑微！

此时，我竟突然想到了郁达夫那著名的话：

亲爱的，若能留得住的话，我愿把我寿命的三分之二折去，换得一个三分之一的零头。

第四辑　时光·谊

我的恩师王本朝先生

去年九月，我终于如愿以偿，被王本朝先生收归门下，成为王门弟子中微不足道的一员。

最早知道王本朝先生，还是在十多年前上大学期间。高中毕业那会儿，我的梦想是考进西南师范大学中文系读书，但由于英语实在是太差，却阴差阳错地进了重庆师范大学中文系。那时，我有个很好的哥们儿在西师中文系读书，我便经常会到北碚的西师来走走，也算是圆了一下儿时的梦想。当时的北碚还不通高速，从沙坪坝到北碚差不多得花去两个多小时时间，但我依然走得精神百倍。

在重师中文系读书期间，我对中国现当代文学表现出极大的兴趣，开始广泛阅读现当代作家作品及其部分理论著作，同时也有意地关注着这个方向的学者，梦想着有一天能考上这个方向的研究生。理所当然，西师必定是重点关注的对象。

我便是那时知道王本朝先生的。

大学毕业那会儿，我报考了这个方向的研究生，但我却在填报志愿的时候填了重师，因为我不敢。我出生在重庆一个异常偏僻的山区，英语的基础教育本来就不好，再加上我自身的一些原因，从小到大，英语就像一座高不可攀的山峰一样，横亘在我面前，压得我喘不过气来。

那次，虽然我报考了研究生，但却早就已经放弃，从英语到专业，一个字也没看。成绩出来的时候，我也没去管，还是同寝室一个哥们儿告诉我的。我永远记得那个时刻，那是一个阴沉沉的黄昏，下午六点左右，我在食堂外面的小路上碰见了同寝室的哥们儿，他笑着对我说，你的考研成绩出来了，说完用右手比了一个“六”状。我心里一喜，难道是60分？但又觉得不太可能，便说，不可能只有六分？没想到那哥们却说，你真只考了六分。听到这个结果，我没有太多的意外，只是说了句，我这运气也真是差到家了。

为了这事儿，当我去年拿到西南大学的录取通知书时，从不写诗的我还特意写了首极不像样的诗以作纪念。这以后，我便开始了十年的漂泊生涯。很少有人能理解我这十年来的苦楚，也很少有人能理解我儿时那未竟的梦想，所以当我第一次面见王本朝先生时，眼泪差点夺眶而出。

得知自己被录取到王本朝先生门下以后，我把这个好消息告诉了我本科时的导师唐云先生。唐先生很认真地对我说了一句话：王本朝，在重庆真正算得上是“珍稀动物”了，跟着王老师好好学，不要辜负他对你的知遇之恩。

到西南大学读书以后，我这才有机会近距离地了解到恩师王本朝先生的风采：先生可算得上是一个具有真正知识分子品格的大学问家。

——仁爱而严苛。

在生活中，先生是一个仁慈而宽容的长者，而在学术上，先生则像换了一副面孔，变得无比的严苛起来。

去年十二月的一天，我受众师兄妹所托，去约先生爬缙云山。我知道，先生的工作是异常忙碌的，不仅有繁杂的行政工作要做，还得抽出时间搞学术，几乎没得什么空闲时间，所以当我战战兢兢走进先生办公室的时候，我嗫嚅着说出了我的想法。出乎我意料的是，先生竟然想都没想便一口答应了，说下周天气好的话就去。我知道，先生的这种爽快其实是对学生的一种爱护，他是不想扫了我们的兴。

那一天，北碚的天气很好，整个缙云山都笼罩在冬日暖阳中。我们和先生从山脚的健身梯开始爬，先生健步如飞，把我们甩开好长一截，让我们不得不佩服先生的体能。中午时分，我们一行十几人便来到了半山腰的一户农家小屋，在山风和阳光的陪伴下，聊天喝茶，王门一家人显得其乐融融。

大凡熟悉先生的人都知道，先生有个爱好，那便是打“双扣”，而且技术高超，罕逢敌手。那天，我们便陪先生玩起了打“双扣”，我和先生一组，肖太云师兄和凌孟华师兄一组。先生出牌，考虑得及其周全，必细细思量，以便稳中求胜，要不是我拖了先生后腿，我们势必大胜。

先生是幽默的，他的这种幽默是对弟子的一种宽容，对生活的一种热爱。晚上，我们从缙云山上下来，肖太云师兄请师门聚餐。那天，先生很高兴，便开起了我们的玩笑。席间，他和大家摆龙门阵，听大家唱歌，满脸盈盈笑意。突然，先生叫我，郭作家，给大家来一曲山歌噻。我从来没听见先生这么叫过我，一时面红耳赤，竟羞得无地自容。

先生的仁爱宽容还体现在他的课堂上。由于先生讲课盛名远播，便有很多其他专业的同学来我们教室里蹭课，往往偌大的教室座无虚席，去得晚了，竟找不到位置。课堂上，面对我们的无知，先生总是循循善诱，从不用重话来责备我们。

我曾听一些蹭课的同学说，比起那些动辄骂学生的老师来说，这才是大学者的风范，儒雅而不失宽容。

先生爱我们有时甚至超过了爱他自己。去年十月的某一天，是先生50岁的生日，早有已经毕业的师兄师姐计划着为先生庆祝一下，但却被先生婉拒了，先生说，不就是一个生日吗？何必那么在意。那天下午，我在“禾丰楼”食堂就餐，无意中竟碰见了先生，他端着一个餐盘，饭菜极其简单，除了两个素菜，别无他物。我向先生道了声生日问候，问先生为何不出去庆生？先生说，生日嘛，年年都要过，没得那个必要，何况晚上还要给你们上课呢。

那一刻，我竟无言以对。

先生是一个学者，在做学问上，往往一丝不苟，对我们更是要求极其严格，甚至可以用严苛来形容。在这点上，我们都很怕先生，有时甚至见到先生便躲。

我这儿有两个小故事，先生的严苛也由此可见一斑。

我有一个博士师姐，今年即将毕业。前段时间，先生去北京开两会，不在学校。师姐便想，这下可以抽点儿时间去逛逛街了，便一个人溜到了观音桥。正当其逛得风生水起的时候，抬头一看，先生正在观音桥广场的大屏幕上接受记者采访，很严肃的样子。这可把师姐吓得不轻，掉头便跑，赶紧坐地铁回到了学校。师姐后来对我说，先生无时无刻不在监督着我们读书，就算在北京，也在看着我们，所以我们要自觉。听完师姐这话，我笑得不行，但转念一想，这样的先生，才是我们真正的先生。

有次，我到先生办公室去找先生有点事儿，先生看到我进来，便说，你们搞创作的就是比较浮躁，喜欢想象，做学问千万不能这样，要脚踏实地，一步一个脚印，来不得半点儿虚假。听到先生批评，我垂手站在那里，一动不敢动。先生接着说，这做学问呐，就像妇女做针线活儿，须得一针一线地仔细缝，密密麻麻，不能跳针，也不能串线，得坐得住，稳得起，是一门“屁股”学问。做学问和做人是一样的，得踏实，知道吗？我们做学问，得把握住当下，不要总是去想未来，未来是不可捉摸的，也是不可预知的，有点儿虚无缥缈，与其在那儿耽于幻想，还不如踏踏实实做好现在的一切，这才是学问之道。

我默默地站在先生面前，不敢说话，而汗水早已打湿我的脊背。

那晚，我收获了很多，先生的话，时刻警醒着我，让我不能忘了学问之道。

先生在教育我们的同时，更是以身作则，用身教来代替言教。由于先生的杂事较多，使得他无暇分身来做自己钟爱的学问，他便早上六点起床，先看两个小时的书，再去上班，而晚上有时甚至看书到凌晨。有次先生和某校长出国访问，在飞机上和宾馆里先生也抽出时间看书，某校长感叹，现在既是教授又是博导还能这样坚持看书的，在中国的大学里已经不多了！先生常说，我是一个学者，学问乃立身之本，不管怎么样都不能丢。

以先生在学界的名望来说，其实早就可以坐享其成了，但先生依然这么刻苦，这让我们这些弟子着实有些汗颜。看到先生这样，我们还有什么理由不去努力呢?

先生有两个重要的研究方向：20 世纪中国文学与基督教文化和中国现当代文学制度研究。这是先生学问的两翼，在学界几乎无人不知。但，先生并不满足于此，我看得出，先生还有他的宏伟的计划和打算，他想在另外一个全新的领域开拓出属于他的一片天地——

为学术，更为中国文化。

愿先生早日攀上学术的更高峰，而我也为有先生这样的恩师而倍感自豪。

一个知识分子的踽踽独行

唐云先生是我的当代文学老师。

当年，我在重庆师范大学中文系读书的时候，系上实行了一个新政策，那便是教师“挂牌上课”制度，即由两个老师同时上一门课，由学生自由选择上课的老师，我那时便不假思索地选择了唐云老师的当代文学课。或许，这也算得上是冥冥之中的一种缘分吧。

及至上课以后，我更加坚定了我的选择。唐云先生师出名门，是20世纪90年代复旦大学潘旭澜先生门下弟子，毕业以后回到家乡重庆工作。唐云先生的课独特而深刻，让我们收获了很多，尤其是课本以外的知识，从而使我们对这个世界对文学有了更加深刻的认识。而唐云先生也以其深邃的思想和广博的学识赢得了大家的尊重，很多学生瞬间便成了他的粉丝。

唐云先生是一个极具责任感的知识分子，他经常在课堂上鼓励我们多读书，不要为现今社会那些强大的庸俗的力量所摧毁，徒然在社会利刃下变成没有任何思想的机器而无可奈何，要做一个有良知的知识分子。因此，先生给我们开了很多书单，叫我们下去认真阅读，以武装我们的头脑，形成我们自己独立的思想。但，先生往往会失望，我们交上去的作业，常常被先生骂得体无完肤，让先生感叹现今的学生不学无术的太多。这时，先生总会默然无语，两眼望着窗外，沉默一阵以后，带着深深地眷念说起，他们那一代当年在复旦大学读书时的景象：教师要求严苛，学生求知若渴，读书氛围轻松而浓厚，总是隔三岔五地进行学术讨论，有时甚至争得面红耳赤，而先生自己所作的读书心得记录等，足以装上几大木箱。

先生说起这些的时候，我们总是无地自容，静静地坐在教室的一角而垂头不语。然而，即便我们这样，先生也不责备我们，他总是痛心疾首地愤而申讨导致这些现象的原因，认为我们的不才并不全是我们的过错，而是他们作为先生的无能，所以先生总是觉得亏欠了学生很多，常常自己感到歉意。

让我印象极其深刻的是，有一次先生讲课，似乎是讲到了过去的一些历史，讲着讲着突然停了下来，双手撑着讲台，眼圈骤然变红，不一会儿便抽泣起来，继而大颗大颗的眼泪便滴落在讲台上。看到先生这样，我们全都不知所措，教室里突然寂静得如同深夜的乡村。先生朝我们说了声抱歉，便一个人走出教室，趴在走廊上一根一根地抽着烟。我走出教室，看见了先生脚下一地的烟头。

我当时完全被唐云先生的行为震撼了，在我这么多年的读书生涯里面，第一次见到一个四十多岁的中年男子，在讲台上哭得如此坦率而真诚，更何况，他这眼泪是为我们而流，是为当前的教育而流。

那一瞬间，我似乎突然间明白了，所谓知识分子的良知，以及大学的真正内涵。

从那以后，我才真正意识到，读书和知识于我们的灵魂来说，显得多么的重要。我拼了命地阅读，从文学作品到理论著作，一本接着一本，并从这些古今中外的作家思想家身上，获得了知识的力量。

我和唐云先生的交往，始于先生的一次课堂。那次，先生布置了一些读书报告的作业让我们下去完成，我便认真阅读了先生所开的书目，写下了一些自己的感受。第二天上课，我依然像往常一样，和几个男生坐在教室最后一排的角落里，突然，我听见先生似乎在点我的名，我吓了一大跳，以为自己犯了什么过错，便战战兢兢地站了起来，发现很多同学都在看我，脸便开始发烫。然而，先生并没有批评我，而是说我的读书报告写得很好，很有思想，所以点名让我站起来以便认识一下我。听先生这样说，我更不好意思了，站在那一动不敢动，把头低得像秋天的麦穗。

得到先生的鼓励以后，我更有了信心，开始了一些有计划的阅读，并学会了在阅读过程中做记录。可以这样说，我走上文学创作这条道路，无论如何都离不开先生的指引，更离不开先生的鼓励，如果没有先生，我不知还会在黑暗中摸索多久。

这以后，我便和先生有了一些交往，也经常和先生探讨一些关于文学的话题，而在这些探讨中，也让我更深地理解了先生的思想。

大学毕业以后，我去中学教了差不多十年的高中语文，在繁重的教学任务之余，我仍不敢忘却先生的教诲，总会抽出时间来阅读，以期不辜负先生的期望。偶尔，我也会抽出时间去先生家里，继续聆听先生的教诲，在喝茶聊天的过程中，继续感受着先生的魅力。

于我而言，这是一种巨大的幸福。

这么些年来，我虽不常和先生见面，但我总会在网上关注着先生，从新闻里一些零碎的报道中了解着先生的动态。凡是先生有了新文章，我必定第一时间拜读，以期继续领略先生的风采。先生在网上开博放言，用自己的良知和思想影响着更为广大的人群，用自己的行动激励着更多的青年。近年来，先生已然成了一个炙手可热的公共知识分子，得到了更多的赞誉，而先生的思想也更见澄明和空灵。

作为一个有良知的知识分子，先生这些年来做了很多事：用文字声讨和反思今天中国的大学教育；行走近六千公里，用脚步丈量长江，发掘其厚重的历史文化内涵；用镜头记录即将消逝的历史；更用自己的言行，影响着一代又一代的青年学子……

一个真正的知识分子，一定是孤独而寂寞的。先生的很多做法自然也受到了不少质疑，但先生始终不为所动，坚持用自己的良知去做一些力所能及的事，不管外面怎么看待，先生却依然做得义无反顾——

这才是我所认识的先生。

霎时，我眼前竟出现了先生的背影。那是一个骨气刚健的知识分子背影，更是一个踽踽独行的知识分子背影。

赵学勇先生二三事

最早见到赵学勇先生，是在 2018 年师兄师姐的毕业论文答辩现场。那时，先生给我的印象只有一个：脾气极好。

答辩会从早上八点开始，一直持续到下午六点，除开中午休息了一个小时，其余时间全都在紧张进行，有着不小的强度，别说一直坐在台上的答辩委员们了，就是我们这些能随时出门松松筋骨的旁听者，都感觉到了极度的疲倦。答辩会全程，先生一直端坐前台，始终保持着谦和的微笑，而且从不说重话批评学生，就算遇到论文不尽如人意者，也是以和蔼的话语加以鼓励，而非严厉苛责，致使下面旁听的同学许愿说，要是我们答辩的时候能遇到这么好的主席，那就三生有幸了。

我当时便被先生儒雅的风度所折服，觉得这才是一个大学者应有的涵养：不急不躁，虚怀若谷。导师教育学生，往往有两类，一类是严厉指责，期待“骂”醒学生；另一类是以柔克刚，循循善诱，让你在春风化雨中不知不觉取得进步。很明显，先生属于后者。

有时，我不得不感叹命运的神奇，让我万万没想到的是，一年以后，我竟被先生收归门下，成了先生的博士生。在得知消息的那一刻，我彻夜难眠。所以，当我在西安这片古老的土地上再次见到先生时，那种亲切感便油然而生：先生满头银发，说话时还是那么不急不缓，透着一股柔和的力量。

先生祖籍陕西，生于 20 世纪 50 年代，虽已年近古稀，但依然精神矍铄，没有半点迟暮的感觉。先生师从现代文学研究鼻祖王瑶先生的弟子吴小美先生，于兰州工作了近三十年，后于 2005 年回到家乡陕西，继续从事现代文学研究和高等教育事业，时至今日。先生可谓一生都扎根西北，把岁月奉献给了西部的高等教育。

有一次上课，先生给我们讲了一件他的往事：先生曾到临洮插队，在当地一家小煤窑里挖煤，有一次，先生钻到地底下去挖煤的时候，小煤窑发生事故突然塌了，把先生活活埋在了地下，先生曾以为自己就这样去了，但后来在工友们的全力抢救下，先生被刨了出来，死里逃生，算是捡回了一条命。

先生在叙述往事的时候，依然微笑着，不急不缓，甚至连语调都没变，就像是在说一件跟自己毫不相干的事一样。这是一种历经岁月洗礼后的淡然，一种看淡生死的超脱，一种超越一切的智慧。当然，这也符合先生一贯的风格：不争不抢，不计名利，默默做好自己的事。

当时，我们作为听者，个个都为先生捏了一把汗，同时，也在庆幸，庆幸先生平安无事，不然中国现代文学研究界，将会失去一颗璀璨耀眼的星。

先生讲完后，继续给我们上课，而我却还未从先生的故事中回过神来，直勾勾地看着先生，眼前尽是先生佝偻着腰钻到地下那暗无天日的通道中拉着煤匍匐前进的身影。看着先生那晃动的白发及和蔼的声音，一幕幕往事在我眼前呈现，从苏家坳的乡亲到我求学路上的导师们，从偏僻的渝东南到古老的大西北，任何一个成功的背后，都有着我们难以想象的艰辛，那，才是生命的真谛。

先生的好脾气，以前还停留在我的印象和想象中，在我读了博士以后，才算真正亲自见识到。进校以后，我曾听师姐说过一件事，关于先生生气的事。有一年毕业季，先生需着正装出席学校的一个活动，而先生平时则很少着正装，穿着比较随意，其时正值酷暑，先生正因穿戴事宜反复侍弄，一个师兄不合时宜地打来电话询问毕业论文的事，先生说话便略带一丝责备，挂断了电话，然而，第二天，先生似乎意识到自己说话的语气不对，便主动打电话叫我那师兄来午餐。师姐在说这事儿的时候，补充了一句：这么多年来，我几乎没见过先生生气，这就是我仅见的先生生气的时候。

我从小就是一个“学渣”，基础很差，再加上本科毕业后，荒废了十年，对学术很是生疏，故而先生布置的作业，总是完成得极差，但不管再怎么差，先生都不会生气，总是轻言细语地跟我闲聊，以此来打开我的思路，就算到了极想生气时，先生也只是无奈地摇摇头，然后自顾自地笑笑说，那好吧，就这样吧！往往到了这时，我便低着头想钻到地底下去，不敢看先生，一种强烈的自责瞬间冲袭脑际，觉得自己就是个“文盲”。

先生跟我们讨论学术，不分地点和场合，也从不正襟危坐，很随意，很有我想象中一派宗师的风范。当然，先生本就是“一派宗师”，在学术界地位崇高。有一次，我在图书馆看书，先生打来电话，问我在哪，说他办公室漏水在装修，叫我找个地方讨论一下论文，我想了半天不知道哪里合适，先生说，就去你宿舍吧，我说宿舍条件极差，连个座位都没得，先生说，能说话就行。等我跑步赶到宿舍楼下的时候，先生正在那里等着，那一瞬间，我竟有一种落泪的冲动。

先生对待学术极其认真，认真到苛刻的地步，这尤其体现在对待我们的论文上。先生修改论文极其细致，返回来的修改稿，到处都是细密的红色字体，密密麻麻的，布满整个稿纸，弄得我们拿到修改稿时战战兢兢，像做错事的孩子一样。今年寒假，先生给我布置了一个作业，我完成以后交给先生，松了一口气，想终于可以过个年了。不曾想，在腊月二十九的那天，先生给我打来电话，足足说了半个小时，从框架结构到思路方法，事无巨细地给了我很多建议，而后叫我尽早修改，改完再传给他看。挂掉电话，我呆立在故乡的院子里，先生那伟岸而略显苍老的身影，便出现在眼前。

去年，武汉的一家杂志曾做过一次先生的访谈，在访谈中，先生详细回顾了和学术“纠缠”的一生，读完那篇访谈，先生的形象更加清晰。说不清楚为什么，我特别喜欢那篇访谈的题目：以下沉的姿态求知问学。

我在想，这，才是先生对待学问的态度；这，才是我们的先生。

张光芒：坐在地上的学者

2018年7月12日，我在永川第一次见到了张光芒先生。

那天，先生在重庆文理学院有个讲座，得知消息的我，很早便开车赶到了永川。会场很大，是一个阶梯教室，因下午还有个学术年会，故而会场里聚集了很多来自全国各地的学者。我此前从未见过张光芒先生，只是在网上见过他的资料和照片，面对这偌大的会场和许多陌生的面孔，我竟有点儿一时拿不准谁是先生。

在会议主办方一工作人员的指点下，我终于见到了先生，先生穿着一件白衬衣，正坐在教室的第一排，跟一个老师小声地交谈着。我不便打扰，便在教室后排找了个空位坐下。几分钟后，那位交谈的老师离开，我赶紧上前，来到先生跟前，小声说，张老师您好，很荣幸见到您，我是某某某。张光芒先生打量了我一眼，说，我上午有个讲座，我们下午找个机会聊聊吧。我说行，张老师我等您。

讲座持续了一上午，完了便是午休时间，我无地可去，便在文理学院校园内瞎溜达。以前，我也从未来过文理学院，刚好趁着这机会四处看看。不一会儿，两个多小时就过去了，我赶紧来到会场。

学者们都陆陆续续来到会场，按早已布置好的位置就坐，当然，张光芒先生也在其中。会议按部就班地进行着，我在后排的角落里百无聊赖地玩着手机。老实说，我其实心里是没底的，会议日程安排得如此紧密，先生哪有空闲时间来跟我闲聊，而且，在他们这种大学者眼里，类似我这种名不见经传的学生，一年会遇到何其多，哪有闲工夫来一个见一个。正当我胡思乱想的时候，我看见张光芒先生从会场的前排起身朝后面走来。霎时，我有点紧张起来，不敢看先生，只能用眼角的余光瞟一眼。但，我也在想，我是不是多虑了，先生极有可能是出来上个厕所，抑或是出去活动一下筋骨，毕竟坐了这么长时间。

出乎我意料的是，先生在路过我身旁的时候，竟叫我跟他出去，紧张得我当时竟有点不知所措。我和先生来到会场外，站在校园的林荫小道上，直到此时，我才有机会近距离地观察先生。张光芒先生不高，看上去极其和蔼，面带微笑，说话轻言细语，多商量语气，丝毫没有那所谓著名学者的架子。

在我向先生作了一番简单的自我介绍后，先生便和我闲聊起来，从现今的学校生活到未来的学术志向，从坎坷的求学经历到学术的林林总总，等等。不知不觉间，十几分钟便过去了，我问先生，这样会不会耽搁他开会的时间，先生说，不要紧，不会。我见先生久站，便说，我去教室里搬个凳子出来吧，先生阻止我说，不用，我们就坐地上吧。说完，便率先一屁股坐在了林荫小道的路沿上。那一刻，我看着先生，竟有一种说不出的亲切感。

那个下午，我和先生坐在校园的路沿上，阳光透过稀疏的树叶照射下来，极度温暖。我在想，这幅画面，终将定格在我的意识深处，永不消失。

散会后，我问先生接下来的行程，先生说，可能明天回南京，学校还有很多事务，需要他去做。我说，期待有朝一日能再有机会跟先生请教。先生笑着点头，说，定有机会的。

下午六时，我跟先生告别，准备回重庆。先生突然面色凝重，我问先生怎么了。先生喑哑着说，刚接到消息，他在山东师大的恩师朱德发先生刚刚去世了。那一刻，我分明看见了先生眼里的不舍和痛苦。我不知道该说什么，只能叫先生节哀。

先生说，他不回南京了，得马上去济南，去送先生最后一程。说完，便朝着宾馆走去，留给我一个落寞而坚毅的背影。

李丹梦老师印象记

2018年3月的一天，我曾给李丹梦老师发了一封电子邮件，咨询一些求学方面的事宜。我记得，发完电子邮件的第二天，我便因参加一个活动，踏上了返回故乡酉阳的列车。第二天晚上，我躺在酒店的房间里休息，拿出手机翻看信息，突然发现了李丹梦老师给我回复的邮件。极度欣喜的同时，满是感动，于一个名校的博导来说，能在短短一天的时间内回复一个素不相识的学生的邮件，真可算是秒回了。我特意看了一下时间，那是2018年3月30日晚上20点41分。

此后，我便和李丹梦老师有了几次邮件的往来，大多是一些关于我的基本信息的交流。这以后，我因面临着硕士毕业等诸多事宜，便基本断绝了跟李丹梦老师的联系。我在想，等我哪天有机会到了沪上，再亲自去拜访丹梦老师，以示我由衷的感谢。而这一天，竟阴差阳错地到来了，而且，来得那么突然。

十月的一个下午，我突然接到一封来自华东师大的邮件，告知我的一个短篇小说在第十届中融青年原创文学大赛中获奖了，颁奖典礼将于本月底在华东师大闵行校区举行，希望我有暇列席。我当即回复邮件，说准时出席。

高铁上，我给丹梦老师发了一个微信，说这几天要来华东师大参加一个颁奖活动，希望能有机会拜访一下。丹梦老师回复说，这几天在河南讲学，后天便回，问我在沪上能待到几时。我便说等您回来我联系您。不曾想，丹梦老师竟当即回复说，叫我后天上午九点左右到华师中文系教师办公室去，和我聊聊。

这真有点让我喜出望外了。说实话，我本不抱多大希望，觉得多半会见不上，但没想到丹梦老师会如此直率，竟一口应承下来。我霎时想到了王宏图老师的那篇印象记，说丹梦老师说话办事雷厉风行，说一不二，充满了阳光味。果真如此。

当天上午九点，我如约来到华师中文系教师办公室门口，站在走廊上等丹梦老师。几分钟后，我便看见楼下的院子里来了一位戴着墨镜而极具优雅气质的女子，正跟一位老师交谈着，跟我在照片上看见的丹梦老师有几分相似。我一阵紧张。

不一会儿，我便看见“丹梦老师”上了楼梯朝着办公室走来，到得近前，“丹梦老师”便问我，你是某某某吧，我说是，这便确凿是丹梦老师无疑了。说完，丹梦老师便打开了办公室门，叫我进来。

那天上午，在丹梦老师的办公室，我和丹梦老师聊了差不多一个小时，一种亲切感油然而生。丹梦老师说话的声音极其好听，有一种温润的美，这让我想起了一篇记录华师中文系教师的短文，文中说丹梦老师长袖善歌：“李老师善歌，音质婉美，却不轻露。一日，举系老师坐车出游，漫漫旅途，颇感岑寂，遂有人提议李老师高歌一曲。其照例推搪，边上程老师忽然发话：‘唱一首吧。’于是李老师款款立起，一曲民族风味，技惊四座耳。”

第二天一早，我在华东师大参加完颁奖典礼后，便回重庆了，直到现在，也未有机会再见丹梦老师一面，只有时而在微信里问候一下。去年十月，我的一本新小说集即将由某出版社推出，我突然想到了丹梦老师，想请丹梦老师给我作个序，便很忐忑地给丹梦老师发了个微信，说出了我的想法，不到半个小时，丹梦老师便回复说，行，你把小说稿发到我邮箱吧。我清楚地记得，那是一个中午，我正在学校的操场散步，阳光铺天盖地。

后来有一天，我跟丹梦老师的一位博士聊到了和丹梦老师的那次见面，他告诉我，那天他们刚好有丹梦老师的课，也是上午九点，但他们却收到了丹梦老师发来的信息，告诉他们上课时间改到了十点，地点未变。

那一刻，一股暖流竟如涨潮的江水，瞬间便奔涌而来。

师兄罗伟章

2001 年 9 月的一天晚上，我在沙坪坝南开步行街的一个旧书摊上淘到一本书，具体叫什么书名忘记了，只记得是一本以我本科学校为背景创作的长篇小说，当时看着觉得特别亲切，便买了下来，以作纪念。书的作者名叫罗伟章。

从那时起，我便知道了我有个师兄叫罗伟章，是个著名作家。

那以后，我在看文学期刊的时候，便特别留意罗伟章这个名字，只要看到作者是罗伟章，必找来认真拜读。我记得很清楚，我就是这样读到师兄的很多小说的。

本科毕业后，我去了某重点中学当了高中语文教师，因教学任务极其繁重，我便基本远离了文学，因而，师兄罗伟章也渐渐淡出了我的视线。直到 2012 年的某一天，我在办公室里闲着无聊，便翻出一本小说来看，巧合的是，小说的作者竟是师兄罗伟章。那一刻，诸多往事涌来，让我有一种梦回从前的错觉。

那天，我一口气读完了整本小说集，《奸细》《大嫂谣》《我们的成长》

《我们的路》，一篇篇小说，一个个故事，一种种形象，在我脑中盘旋，让我有种极度压抑的沉重。师兄对底层的关注，让我感到了某种说不出来的沉痛。

那时，我正在创作《苏家坳纪事》，突然，一个念头跳跃而出——《苏家坳纪事》的序，必须由师兄罗伟章来作。那晚，我为我这个想法激动了好久。但，我转念一想，师兄可是著名作家，我算什么，他是否愿作这个序？况且，我也没有师兄的联系方式，怎么才能找到他？

那几天，我开始了漫长的寻找师兄罗伟章的道路。

我几乎问遍了身边所有可能知道师兄联系方式的朋友，从重庆到成都，从中学教师到文学编辑，但，竟无一人知晓。后来，竟还是托我在成都读研究生的妹妹，找到其导师，才最终问来了师兄的电话。

但，拿到电话的那一刻，我竟不知从何开口。

现在，我早已忘却了当时具体的说法，但，我却清楚地记得，师兄竟毫不推脱，一口便答应了。师兄对我说，他下个月要来重师参加一个活动，我有时间的话，可以去找他。我当时那股兴奋劲儿，简直不摆了。

我在重师隔壁的岷山饭店见到了罗伟章师兄。我推门进去的时候，师兄正坐在书桌前抽烟，烟雾缭绕中，我看见了师兄那熟悉而亲切的脸庞。那可是我生平第一次见师兄这种咖位的作家，难免有点紧张，但，聊着聊着，那种紧张感便消失了，师兄，竟不像作家，而更像住在隔壁宿舍的师兄。

当晚，师兄有两个宴会必须参加，一是校方接待，二是同学聚会，我说我先走一步，以后有机会再来拜访师兄，但师兄却执意叫我一起，于是，我便在忐忑中，随师兄玩到了很晚。

那以后，我便和师兄熟识了，渐渐多了联络，也知道了更多师兄的事迹。师兄当年辞职创作，破釜沉舟，才有了今天的成就。我在想，师兄正是有了这样的坚持和磨砺，才能创作出那么多优秀的作品。

师兄一直都很关照我，鼓励我的创作，师兄曾说，现今的有些小说，读者会觉得“隔”，而作家的任务，便是要破除那种“隔”。当时，我并不是很明白师兄的意思，现在回想起来，师兄对小说的理解，可谓深刻。最近，师兄的长篇新作《寂静史》反响强烈，我由衷替师兄感到高兴，也祝愿师兄早日迎来创作的高峰。

霎时，我突然想起了师兄对我的忠告：写作不是职业，而是事业，既然是事业，就要准备好投入一生的心血，包括有勇气承担可能遭遇的挫折和苦痛。

我觉得，那，才是师兄对我，真正想说的话。

冉仲景的两个绝活

认识冉仲景的人都知道，冉仲景有两个绝活：诗歌和山歌。

很难说冉仲景的这两个绝活哪个更绝，到底是山歌孕育了诗歌，还是诗歌丰富了山歌，我不得而知。但，只要是见识过冉仲景这两个绝活的人，大都会为此而着迷。

先来说说冉仲景的诗歌。

在重庆诗歌界，甚至是中国诗歌界，冉仲景都是一个不容忽视的存在，他以其特有的专属于他自己的姿态，昂首于中国当代诗坛。

冉仲景的诗名很盛，得到了不少专家和读者的好评。几年前，我曾有幸参加了重庆市首届青年作家班的培训，聆听来自全国各地的名家大腕讲课。我清楚地记得，著名文学评论家施战军和作家叶梅都曾在课堂上对冉仲景的诗歌赞不绝口，说是其诗歌代表和引领了某种潮流的写作，是一种独特的存在，值得去认真阅读和研究。我当时坐在下面，听到来自文坛权威这么评价冉仲景的诗歌创作时，一种身为冉仲景同乡的自豪感油然而生。

还有一次，我到云南昆明去参加一个会议，中途大家作自我介绍的时候，我说我来自重庆一个叫酉阳的偏僻小县城，估计在座的大都没听说过。这时，一个云南作家站起来说，酉阳，你们那儿是不是有个诗人叫冉仲景？

这便是冉仲景，一个坚守在酉阳山区，却盛名远播的诗人。

关于冉仲景的诗歌，我这儿还有一个小故事，这个故事虽说已经过去二十多年了，但我至今仍然印象深刻。那是 20 世纪 90 年代的事了，那时，我还在酉阳一中读高中，而冉仲景则刚刚从康定回到故乡酉阳教书。有一天，我们的语文老师有事请假，所以便来了一个代课老师给我们上课。代课老师走进教室，往讲台上一站，便开始作自我介绍，介绍的什么我现在已经记得不是很清楚了，只记得他脸庞黑黑的，戴着一副黑框眼镜，笑起来爽朗而朴实。

这个代课老师就是冉仲景。

冉仲景的那几节语文课，可能是我整个中学阶段上得最有趣的语文课了。他在课堂上讲中国当代诗歌，讲到激动处往往手舞足蹈，有时还会不自觉地唱起来，弄得我们也跟着他一起激情飞扬。但，那时的我，并不知道他已是中国著名诗人。要是知道的话，肯定会去找他签个名的。

我不知道，但我们班却有同学知道。当时，我有个同学很爱诗歌，自己平时没事儿也喜欢写着玩儿，那天当他得知是冉仲景来给我们代课时，甚至激动得有点语无伦次。在冉仲景给我们代课几天以后的一个深夜，他摇醒熟睡的我，递给我一张白纸，上面工整地誊写着两首诗。他兴奋地对我说，你读读这两首诗，猜猜哪首诗是我写的，哪首诗是冉仲景写的。

我看了他一眼，说你疯了吗？大半夜的，不睡觉，读什么鬼诗歌？但我还是在他的坚持下把那两首诗读完了。读完之后，我指着其中一首诗对他说，这首诗肯定是你写的。他没说话，接过那张纸失魂落魄地坐在床上。

其实，那两首诗高下立判，只一看便知哪首是他写的。只是我不知道当时的说法是否对他造成了伤害？那个同学最终没有走上诗歌创作道路，现在在做什么，我也不得而知。现在想想，我们当时那些幼稚而真诚的行为，也正好从侧面说明了冉仲景诗歌的影响力。

冉仲景对待诗歌创作的态度是异常诚恳的，诚恳到让我肃然起敬。比起现在一些诗人泡沫般的“高产”，冉仲景显得极不“合群”，他有时甚至一年都写不出一首“像样”的诗歌来。冉仲景曾说他的诗歌已“死”，我从不相信，我一直认为那是冉仲景的一次长期的蛰伏，一次认真的思考，是一个全新的冉仲景诞生前的孕育期，一旦其“死”后重生，彼时的冉仲景必将在诗坛大放异彩。

QQ 里 / 一朋友向我约稿 / 让我为我的第二故乡康定写一大组诗歌 / 我婉拒了 // 不是我不再爱诗 / 我不敢了（《卵诳经 152》）放弃意味最高的尊重（《卵诳经 158》）

这是冉仲景应康定著名诗人列美平措之约而作的两首不成体系的诗歌，我摘录于此，也算是对其诗歌创作的态度作一简单注脚。

再来说说冉仲景的山歌。

在重庆诗歌界，冉仲景的山歌唱得好，那是公认的。一旦大家聚会，只要是有冉仲景，从他那带着沙哑而粗粝的嗓子里“吼”出来的山歌，必定是压轴节目。我这里用“吼”而不用“唱”，是因为我觉得，冉仲景的山歌是不能用来“唱”的，一旦用“唱”，便失却了很多韵味。

冉仲景把自己的山歌命名为“土家摇滚”。他的那些山歌，都带有原汁原味的民间文化色彩，都是一些来自土家山寨最底层的原始文化，体现着山民们最为质朴而真挚的情感。这些山歌，经冉仲景那粗粝豪迈的嗓子一“吼”，足以震颤听者的灵魂。

凡是听过冉仲景“吼”山歌的人，无不为之折服，从而深深地爱上这博大精深的土家文化。繁星点点的夜空，圆月高悬，大家围坐在一堆篝火旁，只见冉仲景站起来，清了清嗓子，头微微上仰，然后一嗓子便“吼”出来。霎时，歌声伴着火焰，瞬间便混合在一起，照亮了整个夜空。

一次，贵州一个作家代表团来酉阳交流，晚上大家聚在一起搞联欢，商定双方轮流着出一个节目。待到冉仲景出场的时候，他那一嗓子出来，全场顿时鸦雀无声，之后便爆发出雷鸣般的掌声。贵州一个作家笑着说，我们辛辛苦苦准备了两天的节目，却被冉仲景这一嗓子全部给“吼”回去了，哎，真是不服都不行啊。

唱山歌之前，冉仲景往往有一个简单的自我介绍，当然，那是在陌生的环境里面。冉仲景的那个自我介绍，放眼整个中国诗坛，我估计也是独一无二的。冉仲景往往会这样说：大家好，我叫冉仲景，刚刚从非洲回来……

未待冉仲景说完，已然有不少听众笑得直不起腰了。冉仲景经常拿自己的“黑”来打趣儿，他曾笑着说，他可能是整个中国诗坛最黑的诗人了。为此，冉仲景还专门给自己取了个网名，叫作“黑瓦”。

一个敢于拿自己的“缺点”来自嘲的诗人，一定是一个有着非凡胸襟和气度的诗人，在这一点上，冉仲景足以让很多装腔作势的诗人原形毕露。

此刻，冉仲景的形象在我面前变得无比清晰起来，他带着质朴而憨厚的笑容，在诗歌创作的道路上踯躅前行，为爱而歌，为土地而歌，更为家乡而歌：

燕子是我飞翔的灵柩 / 百合 / 是我含羞的墓冢 / 我必将死在家乡（《预言》）

这便是冉仲景，以及他的两个绝活。

我在想，我能否据此，称其为“双绝诗人”冉仲景呢？

陈小勇：“一把火”作家

说起陈小勇这个名字，估计没几个人知道，但只要一说起他的另外两个名字，在重庆文学圈就几乎是家喻户晓了：野海和张九一。

野海是陈小勇写小说时用的名字，而张九一则是他小说中主人公的名字。陈小勇的这两个名字甚至盖过了其本名，反而让人不知道陈小勇是谁了。而我们在平时的交往中，往往也会忽略他的本名，直接问，张九一到哪儿去了？

陈小勇的经历颇具传奇色彩，他出生在重庆酉阳一个叫南腰界的小地方，家中兄弟众多，高中未毕业便辍学远走他乡。他在家耕田种地，到贵州沿河摆过地摊，当过好几年的石匠，还学过画画，在家乡当过村长帮乡亲们调节纠纷……

虽说陈小勇现在已在文学创作上取得了不小的成就，但其文学之路也并不是那么平坦，甚至也充满着传奇。因为饿，陈小勇小时候经常偷东西，什么都偷，生产队地里的花生种子，镇上酒厂厨房里的回锅肉，等等。在陈小勇十来岁的时候，因为好奇，他把老师家中一张有漫画的报纸偷走了，那张报纸上有一则四川省大中小学生作文大赛的通知。第二天早上，陈小勇便偷了家里的钱，把自己煮猪草时写的作文寄了出去。陈小勇曾说，他当时那样做，并不是想参赛，而只是出于好奇，想寄信玩儿。

几周以后，陈小勇上学迟到，因为担心被罚站，于是便提前哭了。但令陈小勇万万没想到的是，他不但没被罚站，校长和班主任还在校门口等他，笑着为他揩眼泪，不一会儿又被安排到教室的第一排就坐，还有一个看上去就是城里来的大胡子对着他不停地照相。陈小勇不明所以，坐在那儿一动不敢动。放学以后，区长带着几个人去了陈小勇家，告诉他说，他的文章得了省里的大奖，县城里的高音喇叭都广播了，这不但是他们家的喜事，也是县里的喜事。

为了让这种表象得到持续，陈小勇觉得自己应该看一些“有文化”的书了。为此，陈小勇放弃了桐子树和鸟蛋等爱好，不知不觉地迷上了看书。在后来的生活中，陈小勇用尽了各种方法找书，如饥似渴般看遍了他能找到的各类文学书籍。

看得多了，陈小勇便自己开始学着写起小说来，他把自己在乡里当村长时的见闻，整理加工后，写成了一部长篇小说，放在“天涯”网上连载，没想到一下子便火了起来，受到了读者的热烈欢迎，后来经推荐，在陕西一家文学刊物上全文发了出来，并于次年获得重庆市第四届巴蜀青年文学奖，后又被推荐至中国作协，作为 21 世纪文学之星丛书由作家出版社出版。

陈小勇的这部长篇小说，得到了著名作家张守仁的高度肯定，他评价陈小勇的这部小说“以广阔的乡村叙事，精湛细腻的描写，生动传神的人物刻画，描绘了社会变革中我国西南部农村的真实图景……有坚实的生活基础，能够贴着人物写，让不同的人物说出和他们身份相当的独特的话语……难能可贵。”

至此，陈小勇一举成名，从一个默默无闻的乡村青年，变成了重庆市的知名作家。虽说陈小勇声明在外，但他却并没有因此而改变其身上那股谦虚朴实的本色，仍然像一个勤劳的“农民”一样，在文学这块土地上辛勤地耕耘。

陈小勇的思想极其深邃，有时我甚至都无法跟上他的思路。由于我和陈小勇是同乡，所以我们见面较多，自然也聊得较多。有一次，我和陈小勇以及冉仲景等几个人一起，在西水河边的河湾山寨喝酒吹牛聊文学，不知不觉竟忘却了时间的流逝，直到凌晨四点多。当时，陈小勇讲了一个故事，讲的什么我已然忘记了，但我却能深深地体会到他那个故事里的内涵。他哪里是在讲故事，完全是在影射小说啊。

陈小勇讲完那个故事，沉默了一阵，而这个故事也引起了我们的沉思，大家都不再说话。突然，陈小勇看着我说，你是搞评论的，你来帮我们大家分析一下这个故事吧。我吓了一跳，硬着头皮从我那极其有限的对于文学的理解上说了一些对于这个故事的阐释，冷汗直流。

那一刻，我再次意识到，文学这个东西是需要天赋的，和专业无关，也和学历无关。

陈小勇最让我佩服的是他对待创作的态度。不急躁，不功利，一步一个脚印地稳步前进，认真到一丝不苟甚至可以说刻板的状态。

自从陈小勇的处女作问世以后，至今已有接近八年的光景，但我却没在中国的任何一家文学期刊上，看见过陈小勇的只言片语，这于一个正在成长的青年作家来说，是极不正常的。即便是这样，也从未有人就此认为陈小勇的水平低，这和某些作家动辄以发表了多少字的作品来自我标榜，但仍然得不到大家的认可，形成了鲜明的对比。

难道陈小勇就此放弃了？肯定是不会的。陈小勇一直都在写，而且在不断地阅读，古今中外而兼收并蓄。阅读多了，见识也就广了，作品的高度也就自然而然地上去了。其实，陈小勇正在用自己的行动，诠释着一个真正的作家应该具备的创作态度。

陈小勇的写作是虔诚的，甚至可以说是悲壮的，像一个勇士一般，执着而坚毅。陈小勇曾对我说，前几年，他花了几年的时间完成了一部长篇小说的三分之二，大概得有接近十万字吧，但写着写着，越来越不对劲儿，总觉得离他预想中的效果相差甚远，实在是写不下去了。我对他说，实在写不下去了，就先放一放，等哪天有了感觉再继续写。陈小勇说，不得行了。我说，为什么呢？陈小勇说，不满意，已经被我一把火烧了。说完，点燃一支烟，像不关他的事儿一般。我当时便目瞪口呆，半天没说得出一个字来。

这些年来，陈小勇差不多亲自毁掉了二十几万字的小说，有时是觉得写得不好，有时是写出来以后，却发现已经有作家写了相同的小说，不得已而毁掉。在陈小勇的电脑里，有这么一篇日志，记录着他小说创作的过程：

该小说起意于 2009 年。冬，开始写。2010 年 3 月停，原因是架构不能支撑。3 月底，删去 8 万多字文本，4 月开始重写，至 8 月，有 12 万余字，问题还是架构无法支撑内容，全部删去。再停。2012 年春节，改结构，至 2013 年 2 月，只写了 3 万余字，感觉乱，再删。同年底，决定重写。2014 年 3 月初，改为板块结构，中旬起。从起意到现在，已近 4 年，删删写写。愿这次能写完。2014 年 3 月 12 日。

我自己也是搞写作的，知道一个作品凝聚着写作者多少的汗水和心血，而且我扪心自问，就算是我写废了的东西，也怎么都舍不得一把火烧掉，我会放在那儿，等以后再看是否有重新创作的可能，像陈小勇这样不假思索便一把火烧掉，那得有多大的决心和勇气啊？

我曾不只一次地说过一个预言：假以时日，陈小勇必定能成大器。

于陈小勇而言，要么他就这样默默无闻地“死”去，要么他就轰轰烈烈地“重生”，而一旦他“重生”，那必将会成为一个了不起的作家。

希望他这一天能够早点儿到来。

杨柳：温文尔雅的知心姐姐

认识杨柳，是源于我的母亲。

我母亲是杨柳的粉丝，对杨柳的散文喜欢得不得了，几乎是篇篇必看，看完后便极力推荐给我，叫我也要好好看看。于是，我很早以前便认识了杨柳，虽未见过其人，但对其散文却已了然于心。

几年前，重庆作家蒋春光来酉阳采访，准备做一个关于酉阳文学的深度报道。晚间，杨柳请大家聚餐，在桃花源一个小巷子里，古朴而简单。

那是我第一次见杨柳。也许是早已从其散文中识得了杨柳，故而见时并无什么疏离感，反而有一种无以言表的亲切弥漫全身。当时，杨柳给我的印象是，也唯有这样的女子，才写得出那样厚重而沉郁的散文：温文尔雅，说话时不急不缓，声音轻柔得似天空飘浮的白云。

从那以后，我和杨柳便接触得多了，而杨柳的形象也变得清晰起来。

在我及其身边的朋友眼里，杨柳就像一个温文尔雅的知心姐姐一样，时刻带给大家一种如沐春风般的感受。

前年春节期间，在“自由王国”里折腾了三十三年的我，终于下定决心让自己走进了那所谓的“围城”。由于我妻子的家乡在外省，为了迎娶方便而又照顾风俗，便准备在酉阳县城找一个稍微像样的宾馆套间权且作为临时的“故乡”。但由于我的疏忽，加上春节期间回乡走亲访友的人数倍增，我连续找了好几家，回答我的都是客满为患，搞得我有些措手不及。

杨柳在听说我的窘迫后，叫我不要着急，先去办其他事儿，住的地方由她来想办法。我自然是不好意思麻烦杨柳的，便又准备去碰碰运气。但就在我继续寻找的途中，杨柳却打来电话，说是宾馆已经帮我订好了，两个套间，钱也已经付了，叫我到时候直接来住就行了。我当时拿着电话，完全不晓得说些什么。电话那头，依然是杨柳那春风般的轻言细语。

去年夏天，我请杨柳等几个酉阳作家去给学生讲讲写作，在课堂上，我用投影展示了他们各自的一些代表作，然后请他们结合自己的创作经历讲给学生听。杨柳是最后一个讲解的作家，她在讲的时候，先把前面的所有作家作品都夸了一个遍，一一说出其作品的优点，然后再说自己只是一个爱好者，算不得什么作家，所写的也只是一些“作文”而已。

杨柳在讲的时候，学生们都听得很认真，我们也听得很认真。在听的间隙，我偷偷瞄了一眼刚刚被杨柳表扬过的其他作家，他们大都和我一样，微红着脸。我知道，他们是在感激杨柳，也有那么一点儿不好意思，如果单从文学成就上来讲，彼时的杨柳，早已超越我们太多。

杨柳便是这样，随时都能考虑到其他人的感受，以自己温文尔雅的谦虚，和广阔的胸襟，来温暖着身边的朋友。

下课以后，一起听课的高瑜说出了我们的心声：杨柳姐姐真好，简直就是我们温文尔雅的知心姐姐。

杨柳的好，不仅仅限于朋友间，有时对素未谋面的陌生人，也是如此。我曾经听诗人冉仲景讲过这么一个故事：几年前，成都一个陌生人不知道怎么找到了杨柳的电话，拜托杨柳在酉阳帮他办件事儿。杨柳二话没说，便答应下来。为此，杨柳跑了几天几夜，最后终于把这件事给办成了。但至此以后，那个成都人却消失不见了，也不再联系杨柳。

我曾经问过杨柳，对这样的陌生人，你何必那么认真替他办事儿呢？何况他又记不得你对他的好。杨柳这样回答：茫茫人海，别人能找到我就是一种缘分，我们都有困难的时候，能帮就帮帮吧，反正也不费多大个事儿。

我在想，也只有杨柳这样的宽厚仁爱，才能创作出那些直击我们灵魂深处的厚重的散文作品来。

愿杨柳的创作道路，越走越远，越走越顺。

李小麦：一个“种菊花”的小女子

李小麦是在我们上课好几天以后才来的。

刚到鲁迅文学院报到的时候，我便对李小麦这个名字有着一种特殊的好感。也许，这源于我小时候那刻骨铭心的乡村经历。我对于那些和乡村有关的一切事物，都有着一种莫可名状的亲切感。我在想，究竟是怎样一个女子，竟然给自己取这么一个带有浓浓泥土味的名字？

开学典礼的时候，我发现李小麦的座牌就在我身后，这竟令我有点相信似乎冥冥之中有那么一种天注定的味道在此。可是，一连几天，我后面的那个位置都一直空着，这让我徒然生出一种失望来。

听云南作家李俊玲说，李小麦之所以没来，是因为车至峨眉时，小麦的父亲突然逝世了，小麦必须得回家处理完父亲的后事才能来报到。不知怎的，我在听说这个消息的时候，心里竟涌出一种莫名的感伤。

见到李小麦是在几天以后。那天，我照例坐在教室里等待着讲座的开始，突然，我感觉到我后面的位置上似乎传来一种亲切的气息。我掉转头去一看，那里坐着一个安静的女子，一头黑发披散在肩上，皮肤略微显得有些黝黑，带着一种云南高原特有的气息。李小麦发现我在看她，朝着我微微一笑，算是和我打了个招呼。李小麦的笑容很甜，但我却能分明地感觉到隐藏在其中的疲惫和沧桑。

彼时，我们没有做过多的交流，甚至没有多说一句话，下课后便各自回到自己的房间。

真正认识李小麦其实是从她的诗歌开始的。回到宿舍以后，我在网上搜索了一些关于李小麦的信息，找到了一些她创作的诗歌来读。读着读着，我竟不知不觉被吸引住了，从那一首首诗歌里面，我读出了一个小女子那洁白无瑕的心灵世界。

透亮而清澈。

这以后，我和李小麦便有了一些关于诗歌的交流，而她对于诗歌的见解，也总能让我耳目一新。李小麦告诉我，她最开始其实是写一些散文和小说的，从没想过要写诗歌，但屡次投稿都不中，后来在一个编辑的鼓励下尝试着写诗，却没想到一发不可收，越写越喜欢，从此便以诗歌作为自己的创作文体。

我是不写诗的，因为我不会，但我却喜欢读诗，尤其是李小麦的诗。李小麦似乎是一个天生的诗人，她的那些诗，清新飘逸而简单纯粹，带有一种让人无法抗拒的柔美，春风化雨一般滋润着我们的灵魂。

李小麦的诗，给我们呈现出一个简单而洁白的世界，在这个世界中，一切都是美好的，一切都是善良的，在这个善良而美好的世界中，李小麦用梦想来烛照着我们这个残酷的现实，而李小麦也在这个梦想的世界中，像她“种下的杭白菊”一样，活得“清清白白”。

李小麦在其诗歌创作中，似乎特别偏爱大自然的花花草草，她总是喜欢以其作为一个独特的诗歌意象，来呈现和传达出一个只属于她自己的天然而纯净的诗歌世界——这真是一个温婉的小女子。

在鲁院余下的日子里，我和李小麦偶尔也会在晚饭后去不远处的公园里散散步，谈谈诗歌和文学，谈谈理想和未来。李小麦如一朵美丽的“蓝花楹”一样，古典而素雅，清丽而脱俗。

有一天晚上，我们七八个同学在街边的小摊上消夜，不知是谁讲了一个很俗的笑话，当我们大家都笑得前仰后合的时候，李小麦竟一个人安安静静地坐在那里，面带微笑地看着我们。我们觉得很诧异，便问，小麦你怎么不笑呢？李小麦说，你们在笑什么呢？说完一脸疑惑。李小麦的老乡李俊玲说，小麦你是真不知道，还是假不知道？李小麦说，我真不知道。听李小麦这么说，我们大家不约而同地齐齐叹了口气，哎，真是个天真而单纯的小女子。就有同学向小麦点拨了这个笑话的精妙之处，李小麦茅塞顿开，一下子没忍住就在那哈哈大笑起来。李俊玲便问，小麦你笑什么？李小麦好不容易才止住笑缓过劲儿来不断地说，我终于知道你们笑什么了，我终于知道你们笑什么了。还没等李小麦把话说完，我们大家便笑得蹲到了地上。

这就是李小麦，一个简单而可爱的小女子，一个天真而善良的女诗人。

鲁院时光结束的那天，大家在院子里合影留念。由于我天生不爱照相，便一个人静静地站在角落里，默默地看大家合影。这时，李小麦从不远处朝我走了过来，笑意盈盈的。

大章，我们合个影吧！

这张照片，至今还保存在我的电脑里，偶尔翻看一下，那些过往的时光便如幻影一般，重新呈现在我面前。

时间一晃便几个月过去了，有一天我在网上浏览小麦的博客，里面一首诗深深地吸引了我。那是一首李小麦写给她已然逝去的父亲的诗，小麦在诗的前面有这么几句说明，我原封不动地摘录于此：2014 年的最后一首诗。这一天，想得最多的，是死亡，是离别……

看到这里，我的心突然揪成一团，疼得厉害，眼前尽是李小麦那单薄的身影和甜美的笑容。到底是怎样一种痛？让李小麦这么一个天真而温婉的小女子，竟然想到了离别和死亡。

父亲躺在那里 / 熟睡了般 / 我抚摸他的脸 / 冰凉 / 我端详他 / 良久地 / 之后 / 我目送他们把他送进了 / 一号火炉 / 在殡仪馆空荡荡的大厅 / 再次见到父亲时 / 他已变成了一捧灰 / 他们把他装进那个暗褐色的 / 小小的木匣 / 然后递给我 / 我抱着父亲站在院里的那株槐树下 / 此时阳光铺天盖地 / 槐花灿若朝霞（《人间》）

那一刻，我仿佛又看到了鲁院的教室里，我后面那个空空的位置，以及那个迟到的李小麦。

在李小麦的博客里，有这么两句话：不争辩，不造谣，不生是非；埋头写字，静心走路。这或许可以看作李小麦的人生坐标，而且李小麦也一直在用自己的行动和诗歌，践行着这两句话的真谛。

现在，我和小麦各在一个城市生活，小麦在云南建水，而我则在重庆北碚，但这并不能阻碍我读小麦的诗。偶尔，我也会在全国的各大报刊上读到李小麦的新作，往往在这个时候，我的面前总会出现一个"背着行囊走遍山川去种菊花"的小女子，这个小女子站在山崖上，一身素白而深情凝眸：

想背上行囊 / 走遍山川 / 去种菊花 / 只种杭白菊 / 山巅种 / 山崖种 / 山腹种 / 山坳种 / 山脚种 / 山嘴种 / 溪谷种 / 湖畔种 / 河埂种 / 田畴种 / 庭院种 / 屋顶种 / 路旁种 / 每一处缝隙 / 都种 / 花开时 / 人间 / 青青白白（《种菊花》）

但愿有一天，这个世界真能如小麦所说：花开时，人间，清清白白。

我的同学丁铭春

丁铭春是我在鲁院的同学。

刚开始的时候，我和丁铭春并不熟悉，见了面也只是非常客气地点头致意。那真是一段悠闲而充实的时光，白天坐在教室里听名家授课，到了晚饭后的黄昏时分，我们几十个来自全国各地的作家朋友便会来到不远处的公园里散步，坐在草坪上一起谈天说地，不亦乐乎。

可于我而言，那段时间却充满着未知和茫然。那时，我刚从工作了六年的学校里辞职，变得一无所有，甚至对未来有着一种莫名的失望，变得进退维谷。我不知道我的未来究竟在何方？在此之前，我虽决定考研，但其实意志还不是特别地坚定，有种患得患失之感。更何况我知道自己的英语水平，有种从未登过山的人突然要去攀登珠穆朗玛峰的悲壮在里面。

于是，在鲁院的那段时间里，我变得极其沉默而闭塞，经常下了课便一个人关在房间里，机械而无甚效率地背着足以让我呕吐的英语单词。这样的日子差不多一直持续到我整个鲁院时光行将结束。

那天晚饭后，我正准备回房，在楼梯口碰见了丁铭春，我照例朝他笑笑，他也朝我笑笑。正当我准备转身离去时，丁铭春突然叫住了我，说要是没什么事儿的话，去他房间里坐坐吧。说完便一脸笑意地看着我。那是一种真诚的不容拒绝的笑，我当即便跟着他走向了他在二楼的房间。

在房间里坐下后，丁铭春便忙着去烧水泡茶，而我则打量着房里的一切。整个房间整洁而朴素，带着一种简单而清雅的乡野气息。我看了丁铭春一眼，他留着寸头，穿一件白衬衣，皮肤黝黑，有着东北爷们特有的气质。我心里当时便掠过一丝诧异，想这么一个东北爷们怎么有着如此细致的心思，把一个临时的住所收拾得如此井井有条。

那晚，伴着茶香，我和丁铭春聊了很久，什么都聊，从文学到生活，直到月上中天。而当我从丁铭春口中得知他的一些经历后，我对眼前这个中年男子竟有着一种莫名其妙的好感。

丁铭春有着双重身份——农民和作家，而他却把这双重身份如此完美地融合在了一起。丁铭春是吉林省东辽县云顶镇湾河村的农民，幼年时期家境贫寒，六岁时便丧母，高中没毕业便辍学回家。他曾种过地，也曾下过井，后来下岗在家，现在在家乡和妻子一道创业，办有一家作文辅导班，希望通过自己的努力培养出更多小作家，实现孩子们的文学梦。

丁铭春身上有着一种与生俱来的质朴，从和他的交谈中，我能亲切地感受到他的那份谦虚和真诚，在现今这个充满浮躁的社会里，显得尤其稀缺而弥足珍贵。虽说他在文学上早已取得了足以让同行倾羡的成绩，但当我说起他的写作时，他却仍然说出这么一段话：我的所谓写作，只能算作在黑暗中的涂鸦和摸索，总是深一脚浅一脚地不知往哪走。

丁铭春的这句话，和现今不少动辄自称“名家”的写作者相比，显得那么的“不合时宜”。但正是这种“不合时宜”，却体现出了一个虔诚的写作者谦虚而内敛的品格，以及作为一个写作者的良知，和其呈现出来的广阔胸襟。我在想，这不正是我们当下最为欠缺的吗？

这以后不几天，我在鲁院的时光便无声无息地结束了。离别那天，天空竟下起了小雨，使得本就压抑的气氛变得更加压抑起来。我和湖南散文家龙宁英以及黔江的钟天珑一道，拖着行李准备结伴离去，在宾馆大厅碰到了丁铭春，大家便互道珍重。丁铭春看了看我们的行李，执意要送我们，我说不必了，我们就在外面打个车，用不了多久便到火车站了，加上外面在下雨，真的没必要。但我最终还是没拗过丁铭春，他直接拖起其中的一个箱子走向了雨中。

我们站在路边等出租车的时候，雨竟然越下越大，黔江的钟天珑突然说了声，哎呀，我的水杯掉在宾馆的房间里了。我说，要不你回去拿吧，我们在这儿等你。钟天珑想了想，说算了，又不是好贵重，重新去买一个就是了。我说，也是，这么大的雨，难得跑。此时，丁铭春却说，你们在这儿等我吧，我去拿。还没等我们反应过来，便看见丁铭春冲进了雨中。我赶紧朝着丁铭春喊，丁兄，不必去拿了，待会儿出租车来了。可丁铭春似乎没听见，一溜烟儿地消失在了公路对面。

几分钟后，我看见丁铭春冒着雨朝我们跑了过来，手里拿着钟天珑那不锈钢水杯，身上被雨淋得有些湿。我没有说话，傻傻地看着丁铭春，他嘴角挂着微笑，默默地看着我们。不一会儿，出租车过来了，丁铭春帮我们把行李搬上了车，目送我们离开。出租车在雨中疾驰而去，我回过头来看了一眼，丁铭春仍在雨中站着，不断地朝我们挥手。

那一刻，我眼泪差点掉了下来。

卓儿

我永远都记得认识卓儿的那个上午，阳光透过薄薄的云层照射下来，使得九月的校园里温暖如春。

那是大四上学期，我们正准备乘车去垫江中学。待到我们放好行李，却被告知还有两个女同学未到，让我们等一等，于是我们便聚集在一旁有事无事地闲聊着。当然，闲聊的内容永远都逃不出一个话题，那就是猜测这两个未到的女同学长得漂不漂亮。这似乎是男生们聚在一起时的必聊话题，并常常乐此不疲。

在我们的闲聊中，过来两个拖着一大堆行李的女生，在离我们不远处停了下来，看样子似乎是因为行李太重而停下来歇口气。两个女生一高一矮，但高个子女生显然要比矮个子女生更时尚漂亮。这时，便是男生们表演的时候到了，还没等我反应过来，我身边的几个男生便箭一般地冲了过去，不一会儿就把走在前面的那个高个子女生的行李搬完了，却不管走在后面的那个稍微矮点的女生。

我看见那个女生一个人艰难地拖着行李，缓缓向前移动，而我身边的男生们却没有上前帮忙的意思，正围着那个高个子女生叽叽喳喳问个不停。我走过去，一声不响地拿起女孩儿面前的行李，朝着车里走来并帮着放好。女孩儿朝我笑笑，算是答谢，我没有说话，也笑了笑。

这个女孩儿就是卓儿。

在垫江的那几个月是一段极其开心的岁月，我们十来个人经常一起疯一起闹一起出去骑自行车，释放着青春少年身上的无穷活力。往往这个时候，卓儿却是最安静的，她也会跟着我们一起闹，但更多的时候却是静静地看着我们，露出一脸甜甜的微笑。

卓儿是一个做事极其认真的女孩儿。那时，我和卓儿被学校安排到高二去上语文，卓儿为了讲好史铁生先生那篇著名的散文，特意抽出一个周末的时间去了一趟北京的地坛公园，说是只有这样才能更好地理解课文，把课文讲得更好。当时的我觉得卓儿是不是有点小题大做了，但现在想来，卓儿的这种精神却正是我们这个时代所稀缺的。

从北京回来的那天晚上，卓儿发来信息说叫我过去坐坐。我来到卓儿租住的出租屋，和卓儿促膝长谈到将近凌晨两点，才依依不舍地披着夜色回去。卓儿说很感激我，当时那么多男生都在帮另一个女生拿行李，却只有我一个人来帮着她拿行李。我笑笑说，这都是些不值一提的小事。

那天晚上，卓儿跟我讲述了她的一些从未向人提及的故事。

卓儿的父母很早就离婚了，卓儿一直跟着父亲生活，此事对卓儿的影响很大，以至于在高考的时候发挥失常，考进了一所专科学校，但卓儿没有放弃努力，在大三的时候顺利升学到重庆师范大学读本科。卓儿说她从小就梦想着有一天能站上讲台，所以这次不假思索地放弃了自己的非师范专业，而跟着我们一起来中学里面当老师。卓儿的家庭条件本就不是很好，自从父母离异之后变得更加捉襟见肘了，但卓儿觉得自己能读大学真的很幸福，平时做点家教什么的也能维持生活，卓儿说这就够了，我们应有一颗感恩的心。

卓儿是一个极善良的女孩子，不管是对我们，还是对班里的学生。卓儿班里有一个农村来的小女孩儿，平时不怎么爱说话，卓儿便经常带着她一起玩，在得知小女孩儿的家庭情况后，还用自己家教挣来的钱资助小女孩儿。卓儿很开朗很乐观，总是以一种积极向上的态度来面对我们的生活，她说只要你对这个世界微笑，那么这个世界一定会还你一个微笑的。

但，就是这么一个以微笑面对生活的女孩儿，却不得不再一次接受生活残酷的挑战。

那是一个有星星的晚上，我们已经结束了为期两个月的中学教师生涯，重新回到了学校。那晚卓儿打电话问我，有没有时间出来陪陪她。说不清楚为什么，当时我就有一种不祥的预感，便跑步来到了女生寝室楼下。在那里，我看见了一脸疲惫的卓儿。我问卓儿你怎么了。卓儿一时没说话，说我们去操场走走吧。

我们围着操场一直走，夜色湖水般沉寂。突然，卓儿对我说，我妈得癌症了，晚期。我心顿时一震，竟停在了那里，半点移动不得。我看着卓儿，卓儿站在操场的草坪上，头发被夜风微微拂起，两眼深邃得像一个无底的深渊。我差点哭出来。那晚，我陪着卓儿在操场一直走，一圈一圈地，不知道累。

几天以后，我去新桥医院看卓儿，她正在病房里照顾她妈妈，看见我来，便招呼我坐。我看见卓儿明显瘦了一圈，眼里尽是倦容，但嘴角依然挂着微笑。我在医院里陪着卓儿，看她做这做那，态度柔和地像一弯古井里的清泉。

凌晨的时候，我得回学校了，卓儿送我出来，临别的时候，我看见了卓儿眼里的泪水，亮晶晶的，像极了遥远夜空中的月牙儿。我说卓儿你回去吧。卓儿嘴上说好，却站着没动，一直看着我离开。走出去很长一截路以后，我回过身来，看见了卓儿的背影。

那是一个美丽的背影——倔强而坚强。

那夜，月色若水般温柔。

后记

这是一本我耗时最久的书。

从大学开始，一直到现在，用了差不多整整 20 年。

因此，这也是一本看得见我的来路的书。

我从来就不是一个爱好写作的人，相反，我还有点儿讨厌写作。中学时讨厌作文，一说到作文就头疼，一听到老师布置的周记，就想骂街。大学虽然读了中文系，但仍旧不爱写作，很多时候，都是迫于作业的压力，进行无奈的所谓创作。我更无写作的天赋，大学时，因为读了中文系，再不爱，也说不过去，就偶尔有了点儿小小的文学梦，尤其是看到有同学的文章发表时，还是有些羡慕，想着要是自己也能在某个报纸的角落里发表一篇文章，该有多好啊。但是，这个梦，整整伴随了我大学四年。四年间，我甚至连学校的校报都没上过，别说校报了，连系里的系刊都没上过。当时，我们宿舍有个同学在校办刊物打杂，熬到大四的时候，他终于可以审稿了，于是回到寝室兴奋地对我们说，你们有稿子可以拿来，我现在是编辑了，可以给你们发表文章。我记得，那是一个深夜，夏日的蚊虫正放肆地叮咬着我们。听到这个消息的我，很是激动了一下，觉得有了一线希望，便把平时写出来的一篇散文规规矩矩地打印出来，交给了他。但，直到我大学毕业走上工作岗位，这篇文章也没在那本校办刊物上发表出来。

我的文学梦就这样破灭了。

大学毕业后，我到了中学教书，累得不得了，更无闲心写作。说实话，我到现在都想不起我是怎么走上写作这条路的。我只能想到一个词：莫名其妙。以至于很多以前的同学听说我现在是个作家时，都不敢相信。我知道，就他们而言，就算我们班大部分同学都成了作家，我都不会成作家。

其实，我也同样诧异。我身边的很多作家朋友，他们是真爱写作，我经常听到他们说，如果几天不写作的话，就感觉浑身不舒服，要是超过一年不写作的话，简直是要他们的命。听到他们这么说的时候，我常常会吓一大跳，也会对自己产生巨大的疑惑：我究竟算不算一个作家？因为我常常可以半年以上不写一个字，而且丝毫感觉不到他们所说的那种不舒服，反而，我会觉得舒服得很。

我后来仔细想了想，我走上文学创作这条路，多半是源于偶然因素。

我常常把自己定位为一个读者，甚至于一个专业读者，因为我是学中文出身的，和写作比起来，其实我更爱阅读，阅读别人的作品，在阅读中，我更能找到乐趣。现在，读了博士以后，就更离不开阅读了，阅读于我而言，基本就成了一种职业，抑或是某种谋生的手段。

于是，我可以朝着一个身份奋斗：文学研究者。

这或许是一种宿命。我是以一个评论者的身份进入作家圈的，中途进行了散文创作，后来又进行小说创作，但不管我怎么努力，大家在介绍我的时候，往往只会说一句相同的话：大章是个搞评论的。

现在，我真成了这样。我用了将近十年的时间，兜兜转转一大圈，现在又回到了评论上来。或许，我命该如此。

我曾经教过将近十年的高中语文，在这个过程中，我深刻地理解到，现在的很多中学生，其实都和我当初一样，是非常讨厌作文的。那么，作为一个教师，尤其是语文教师，我该怎么来教他们作文呢？于是，我开始思考，也开始尝试着自己写作，想在自己的写作过程中，找到一种更为贴近中学生作文的方法，以此来教会他们作文。于是，就有了这本书里的部分作品。现在，我更想通过此书的出版，来为更多的中小学生，提供一个作文的范式，希望对他们的作文有那么一点点的帮助，那就功德无量了。

这本书涉及的内容很杂，既有记事小散文，也有旅游小散文，有的甚至是我从以前的日记里面抠出来的。但不管怎样，里面的每一篇，我都是认真对待的，它们或许水平参差不齐，但无一例外都凝聚着我的心血。因为我知道，它们不一定有很大的影响，但或许会在那么偶尔一瞬间，会影响到一个孩子的某个不大不小的决定，抑或是模仿。

于一个作家而言，这其实很重要。

但愿你在阅读此书的时候，能找到你喜欢的一篇。于我而言，已然足矣。

最后，感谢为此书的出版付出辛勤工作的朋友们。

郭大章于赵庄

2021年2月19日